Justus Friedrich Wilhelm Zachariae

Die Schöpfung der Hölle

Nebst einigen andern Gedichten

Justus Friedrich Wilhelm Zachariae

Die Schöpfung der Hölle
Nebst einigen andern Gedichten

ISBN/EAN: 9783743410503

Hergestellt in Europa, USA, Kanada, Australien, Japan

Cover: Foto ©Andreas Hilbeck / pixelio.de

Manufactured and distributed by brebook publishing software
(www.brebook.com)

Justus Friedrich Wilhelm Zachariae

Die Schöpfung der Hölle

Schreiben

an den Königlich Preußischen Oberamtsrath

Freyherrn

von Zedlitz

in Breslau.

Mein theurester Freyherr,

Kaum kann ich hoffen, daß Sie mitten in den Unruhen der
Waffen, und unter so vielerley Bekümmernißen und Gefahren,
noch Zeit oder Neigung haben sollten, Gedichte zu lesen. Ich
wage es indeßen, Ihnen ein Geschenk, aber ein sehr geringes

Geschenk,

Geschenk, von einigen poetischen Versuchen zu machen, die mich dazumal, als ich sie schrieb, nicht so sehr an das Unglück des Krieges denken ließen, ob es mir gleich sehr nahe war. Vielleicht vergeßen Sie gleichfalls bey Lesung dieser Gedichte auf einige wenige Stunden die Sorgen die Sie in diesen unruhigen Zeiten beständig umringen; und dies allein schon würde ich für eine angenehme Belohnung meiner Arbeit halten.

Die beyden ersten Stücke dieser kleinen Sammlung sind Fragmente, die ich mit der Zeit in ein größeres Gedicht einzuschalten dachte. Als ich mich vor einigen Jahren mit der Uebersetzung der ersten Gesänge des verlohrnen Paradieses beschäftigte, fühlte ich meine Einbildungskraft von dem großen Genie Miltons so erhitzt, und angefeuert, daß ich der Versuchung nicht widerstehn konnte, mich einmal in das Feld der ernsthaften Epischen Poesie zu wagen, und besonders einmal eine Materie auszuarbeiten, die bloß Erdichtung wäre. Wie wenig ich mit mir selbst zufrieden gewesen bin, werden Sie daraus urtheilen, daß ich nach diesen Versuchen sogleich das Vorhaben dieses ernsthafte Epische Gedicht zu schreiben aufgab, und Ihnen diese Fragmente

mente nur darum zu lesen gebe, um Sie zugleich zu versichern, daß Sie keine weitern Fortsetzungen zu fürchten haben sollen.

Die Vergnügungen der Melancholey sind aus dem Englischen des Herrn Thomas Warton übersetzt, und werden Sie das Original in der Collection of Poems im IV. Tom. Seite 214. finden.

Die Unterhaltungen mit der Seele sind gleichfalls nur eine Probe von der Englischen Versart mit Reimen. Sie werden verschiedne Stellen aus den Pleasures of Imagination darin nachgeamt finden.

Bey dem allgemeinen Gebeth habe ich Popens allgemeines Gebeth vor Augen gehabt.

Kaum darf ich mich also unterstehn, theurester Freyherr, Ihnen eine Sammlung von lauter Fragmenten und Versuchen zuzueignen. Ich schmeichle mir indeßen doch, daß Sie nach der besondern Gewogenheit und Freundschaft mit der Sie mich

beehren,

beehren, diese kleine Sammlung von einem Dichter geneigt auf=
nehmen werden, der sich die größte Ehre daraus macht, daß er
auf dem berühmten Carolino zur Bildung Ihres so vortrefflichen
Herzen und richtigen Geschmacks etwas beygetragen hat; und der
niemals die Stunden vergeßen wird, die Sie in seiner Gesell=
schaft zuzubringen würdigten.

     Ich habe die Ehre mit der größten Hochachtung zu seyn

Ew. Hochwohlgebornen

Braunschweig
den 24. Sept. 1760.

unterthäniger Diener
Friedrich Wilhelm Zachariä.

Die
Schöpfung der Hölle.

———   — in drey erschrecklichen Nächten
Schuf er sie, und verwandte von ihr sein Antlitz auf ewig.
Meßias Gef. II. 260.

A

Die
Schöpfung der Hölle.

A lso (schloß Raphael) hab' ich dir, Adam, nach beinem Verlangen,

Dinge, die sonst dem Menschengeschlechte verborgen geblieben,

Offenbart; die scheußliche Zwietracht, den Krieg im Himmel

Zwischen den englischen Mächten; den Fall der Rebellen, die thöricht

Nach der Gottheit gestrebt, und sich mit Satan empöret,

Welcher itt mit vergälltem Auge dein Glück dir beneidet,

Und

Und mit sich rathschlagt, wie er auch dich vom Gehorsam verführe,

Daß du seine schreckliche Strafe, sein ewiges Elend,

Theilen möchtest mit ihm. Dies wär' ihm die herrlichste Rache,

Dich dereinst zum Gefärthen in seiner Verdamniß zu haben,

Und dem Allmächtgen so Hohn zu sprechen; doch horche du niemals

Seinen Versuchungen! laß es dir nützen, indem du gehört hast

Durch dies schreckende Beyspiel, wie Ungehorsam belohnt wird.

Unüberwindlich konnten auch sie im Guten verharren,

Aber sie fielen! Denke daran, und fürchte zu sündgen!

So der Gesandte des Himmels. Er ließ in der staunenden Seele

Des aufmerksamen Adams Entsetzen, und tiefe Verwundrung

Ueber so hohe fremde Geschichten. Ein kühner Gedanke

Flog itzt vorüber; er folgt ihm nach; drauf wagt' er, voll Ehrfurcht

So zum Engel zu sagen: Du hast uns, o himmlischer Fremder,

Unbegreiffliche Ding' enthüllt; du hast uns gewarnet

Vor den Strafen der Sünden, und vor dem Ort der Verdamniß,

Wo itzt Satan, mit allen Rebellen hinuntergestürzet;

Ewigkeiten in Quaalen durchjammert. Doch darf ich es wagen,

Dich an die schwarzen Scenen aufs neu zu erinnern, und darf ich

Auch

Auch die Schöpfung der Hölle von deinen Lippen zu hören,
Mich erkühnen? — Unfehlbar erschuf sie der Zorn des Allmächtgen
Fürchterlich prächtig, des Richters und der Gerichteten würdig.
Keine strafbare Neugier, vielmehr die reine Begierde
Auch in den dunkeln Wettern des Zorns dem Richter von ferne
Nachzuschauen, erschuf den Gedanken, mit tiefer Anbetung
Gottes Gerichte zu hören. Erfülle den lauteren Wunsch dann!
Noch hat die einsame Nacht mit ihrem langsamen Wagen
Kaum die Hälfte des Himmels durchfahren; der silberne Mond hängt
Ueber Eden; die ganze Natur schweigt feyrend, und Stille,
Ernste heilige Stille horcht um den schlafenden Erdkreis.

Also ersuchte den himmlischen Gast der Vater der Menschen,
Und mit traurigem Herzen gab ihm der Engel zur Antwort:

Adam, was legst du mir auf? und was verlangst du zu hören?
Du befiehlst mir den Schmerz zu erneuern, der, unaussprechlich,
Meine Seele zernagt, wenn ich ihn denke! Mit Abscheu
Fahren die schwarzen Gedanken zurück, so oft sie von neuem
Jenen grimmigen Tagen der feurigen Rache sich nahen,

Welche

Welche den flammenden Abgrund erschuf; ihn erschuf, Myriaden

Unglückseeliger Geister (ach! ehmals auch unsre Gefärthen!)

In ihn nieder zu donnern.   Zwar bey der Schöpfung der Hölle

War ich selbst mit den Heerschaaren Gottes im Felde des Krieges.

Wider Satan gelagert; doch nach dem siegenden Einzug

Unsers Heers in dem Himmel, hab ich vom Seraph Eloah

In vertraulichen Stunden die schaudervolle Geschichte

Von dem schrecklichsten Werke gehört, das jemals die Allmacht

Als ein ewiges Denkmal des Zorns in dem Chaos gegründet.

Seraph Eloah fuhr mit hinab, und sah das Gefängniß

Für die rebellischen Engel erschaffen; ein flammender Kerker,

Unermeßlich.   Doch, Adam, kaum weiß ich Bilder zu finden

Fürchterlich, schrecklich, scheußlich genug, dir Dinge zu zeichnen,

Nie von seeligen Geistern gedacht — dir die Hölle zu zeichnen.

Doch ich wag' es; mit Grausen, mit mächtigen kaltem Grausen

Höre die schweren Gerichte des Herrn, und bet' im Staub' an!

Satan, (du weißt es) hatte die freche Standarte des Aufruhrs

Wider Gott, und wider den Sohn des Allmächtgen erhoben;

Und der Himmel ließ seine Schaaren bey Millionen

Gegen ihn aus. Ich selbst in schimmernder kriegerischer Rüstung

Führte die Myriade zum Streit dem Empörer entgegen.

Himmlische Thronen, und Fürsten, und Mächte, so bald sie den Kriegshall

Der Posaunen vernahmen, verließen die güldenen Stühle,

Machten, wie ich, sich auf, und folgten mit muthigem Herzen,

Ihres Sieges gewiß, den hierarchischen Fahnen,

Die hochwallend die Himmel durchströmten. Das Heiligthum Gottes

Blieb indeß nicht leer von englichen standhaften Schaaren

Unverführter Geister. Bey tausend, und tausendmal tausend,

Standen sie um des Ewigen Thron; die olympischen Harfen

Sangen, ununterbrochen, mit Hallelujagesängen

Gott und seinen Gesalbten; und güldne Rauchfässer dampften

Vor den Altären, wie sonst, als noch der Name des Krieges

Nicht gehört war im Himmel. Indeßen schaute der Ewge

Von dem Throne herab, und zehlte die zahllofen Schaaren,

Welche Satan verführt; er sah die eisernen Stirnen

Trotzig empor sich heben, und ihre verruchten Gemüther

Aller Reue verschloßen, und aller Beßrung; und ewig

Unglückseelig. Da gab er sie hin in's gesuchte Verderben

Und verhüllte sein gnädiges Antlitz. Die güldenen Lampen;

Welche

Welche beständig sanftduftend in seinem Heiligthum brennen,

Wurden mit Wolken bedeckt, und dunkel und schreckliche Nacht hieng

Finster um seinen Thron her.   Da fielen die Heiligen nieder

Auf ihr Antlitz, und beteten an; und die Cherubim deckten

Ihre Gesichter mit allen Flügeln; Die Harfen verstummten,

Und die Chöre der Seraphim schwiegen.   Aus dampfenden Wolken

Sprachen itzt laute Donner und Stimmen, und leuchtende Blitze

Schoßen umher.   In bangen Erwartungen lagen die Engel

Bis das dicke Dunkel sich trennte; die Wolken entwichen,

Und der Gerichtsstuhl des Höchsten stand hoch in den flammenden Wolken

Sichtbar dem ganzen versammelten Himmel.   Doch welches Erstaunen

Faßt sie, da sie die Augen erhuben, und um den Gerichtsstuhl

Furchtbare Reihen von Geistern, zuvor nie gesehen, erblickten,

Die aus Wettern Jehovah geschaffen, und die aus den Wolken

Itzt sich erhuben, und dankbar ihr erstes Daseyn erkannten

Ihre Flügel rauschten wie große mächtige Waßer,

Und schwer lagen die Schreckniße Gottes auf ihnen verbreitet.

Flammen waren die Augen, und ihre tönenden Stimmen

Laute Donner.   So standen sie da, und umringten anbetend

Gottes Gerichtstuhl.   Indem noch die tiefe starre Verwunderung

Aller

Aller Augen emporhielt: durchstralte die Herrlichkeit Gottes

Alle Himmel; der hohe Gerichtsstuhl erzitterte dreymal,

Dreymal bebten die Vesten des schütternden Empyreum,

Und der Allmächtige sprach: Ihr Himmel, vernehmet die Worte

Eures Königs! Ich, der ich vom Anfang Gott seyn will, und seyn will,

Euer Schöpfer, und Vater, und Richter; Ich, Richter, ich will mich

Heute herab zu euch laßen; und will vor meinen Geschöpfen

Mich vertheidgen.   Ich ruf euch zu Zeugen; kommt, richtet, und

zeuget,

Zwischen Mir und dem frechen Empörer! — Ich hatt' ihn an Ansehn

Und an Hoheit und Macht über alle Geister erhoben.

Uebertraf nicht sein herrlicher Glanz die Morgensterne,

Und sein Schimmer den himmlischen Tag? Wie stolz und erhaben

Zog er nicht aus und ein zu den Thoren des Himmels; verehret

Von der Unsterblichen Schaaren.   Er saß am Throne der nächste

Auf dem goldnen Stuhl, und seine Krone war herrlich;

Herrlich vor allen Kronen der Engel, die reinesten Stralen,

In Amaranth geflochten, umglänzten sein Haupt ihm; mein Antlitz

Wandt' ich vorzüglich auf ihn, und ruhte mit größeren Gnaden

Auf dem Erschaffnen; es sahen's die Chöre der jauchzenden Engel,

B   Wurden

Wurden entzückt, und feyrten. — Und dennoch hat er, der Verruchte

Wider mich und meinen Gesalbten sein Herz empöret,

Es auf ewig empört, und mit dem grimmigsten Haße

Scheußlich entstellt. Die frechen Gedanken sind nicht mehr Gedanken

Eines Engels; er hebet voll Stolz die eiserne Stirn auf,

Trotzt auf seine feurigen Wagen, auf Waffen und Schilde

Seiner Myriaden, und will selbst Gott seyn. Vernehmet's,

O ihr Himmel, vernehmet's! Er will selbst Gott seyn! Er, den ich

Wie seit gestern erschaffen, und mit den mächtigen Armen

Aus den Wolken gehoben, der will selbst Gott seyn! — die Rache

Folget ihm schon, ihr Auserwählten; sein herrlicher Name

Werde nicht mehr im Himmel genannt! sein Name sey Satan!

Wider ihn hab' ich mein Kriegsheer geschickt; mit mächtigen Flügeln

Schwebt über ihnen der Sieg: doch sollen sie meine Rache

Nicht vollenden; du, mein Gesalbter, du sollst sie vollenden.

Sey der Herr über Leben und Tod! — Gefürchteter Name

Tod! — Zuerst itzt im Himmel gehört, und du, Myriade,

Todesengel! Ihr Söhne der Rache, geschaffen aus Wettern,

Künftig soll euer weitflammendes Schwerdt, getaucht in's Verderben,

Satan verfolgen, und unter Geschöpfen, die Mich verkennen,

Tödten,

Tödten, vom Aufgang zum Niebergang tödten; und Jammern und
                              Winseln
Wird weit in die Himmel ertönen. Im hohen Triumphe
Wird es Satan vernehmen; doch endlich werden die Tage
Seines Maßes vollendet werden! dann soll mein Gesalbter
Ihn, und den Tod, in Ketten gefangen, zum Abgrunde führen,
Und den Abgrund auf ewig versiegeln. — Besteig dann, Geliebter
Du, mein allmächtiges Wort, besteig den Wagen der Allmacht
Unter der Cherubim Rauschen, der Todesengel Begleitung,
Und fahr hinab; erschaffe die Hölle nach meinen Entwürfen,
Denn bald sollst du die stolzen Rebellen vom Rande des Himmels
In den Abgrund herunterstürzen; so sagt Jehovah!

Kalte Schauder strömten auf alle, indem der Allmächtge
Dieses geredet. Indeß sie noch alle tief staunten, und schwiegen,
Wälzten sich dichte güldne Gewölke mit schimmernder Klarheit
Um den Gerichtsstuhl. Auf ihnen lagen geschloßene Bücher
Voller unsterblichen Namen; von einem brausenden Sturmwind
Thaten die flatternden Bücher sich auf, und wallten gleich Fahnen
Hoch in den Wolken. Der furchtbare Richter auf seinem Gerichtsstuhl

                              Winkte

Winkte dem ersten der Todesengel; er trat anbetend

Zu dem Gerichtsstuhl, von da an die Bücher des Lebens. Der Ewge

Sprach: was siehst du? Er sprach: Ich sehe Bücher des Lebens,

Voller stralenden Namen. Da sprachen zehntausend Donner.

Es sind Namen verruchter Verbrecher, verworfene Namen,

Tilge sie aus, ihr Andenken sey im Himmel verfluchet!

Und der Engel des Todes trat zu, und strich durch die Namen

Mit dem flammenden Schwerdt; die stralenden Lettern verloschen,

Und die Wolken verfinsterten sich; da ward das Entsetzen

Allgemeiner. — Der Sohn des Allmächtgen erhub sich indeßen

Von dem Thron; indem er herabstieg, sangen die Chöre

So ihm nach: Wie furchtbar ist deine schreckliche Rache,

O Jehovah! Richter der Geister! Wie tödtet dein Antlitz

In den Tagen des Zorns! Vergieb uns, Rächender, Richter,

Diese wehmüthigen Klagen; gefallen sind sie, gefallen,

Die du mit uns geschaffen, mit uns zum Leben geschaffen,

Und sie sind auf ewig gefallen! Dein göttlich's Erbarmen

Ist fern, fern von ihnen auf eilenden Flügeln entflohen,

Und sie stürzen in ewige Strafen. Ihr elenden Stolzen!

Wider wen lehnt ihr euch auf? Ihr seht nicht die feurigen Wetter,

Wel-

Welche sich über euch thürmen; ihr geht mit klingender Rüstung

Trotzig im Panzer daher, und deckt euch mit himmlischen Schilden.

Aber der Herr wird die Panzer zersplittern, die Schilde zerbrechen,

Und die Räder der Wagen zerschmeißen. Mit tiefem Geheule

Wird das Reich der Nacht euch empfangen; die jauchzenden Himmel

Werden sagen: der Herr, der Herr ist Gott! Halleluja!

Also sangen die Chöre mit ernsteren Harmonien.

Und des Allmächtigen Sohn berief der Cherubim Schaaren

Und die Todesengel um sich. Drauf stieg er, gerüstet

Mit der Allmacht des Vaters, auf seinen flammenden Wagen,

Und zog hin in die Tiefen des **Chaos**, die Hölle zu schaffen.

Tausend Cherubim flogen vorher, ihm den Weg zu bereiten;

Tausendmal tausend umringten den Wagen; und zahllose Heere

Floßen hinter ihm her. Die furchtbaren Todesengel

Führten auf ihren stürmischen Flügeln den schimmernden Wagen

Schneller als Blitze. Die Ebnen des Himmels verwandten ihr Antlitz

Vor dem schreckenden Anblick, und wurden dunkel und traurten.

Und

Und nun empfieng ihn der Abgrund weit offen. Das stürmische
Chaos

Brüllt' ihm mit allen streitenden Elementen entgegen,

Und Sie sanken in tiefe Nacht. Doch die Herrlichkeit Gottes,

Und der ätherische Glanz so vieler himmlischen Schaaren

Drang durch die Nacht, und ließ weit hinter sich leuchtende Spuren

Ihres mächtigen Wegs durch alle heulenden Tiefen.

Als des Allmächtigen Sohn den äußersten Grenzen des Chaos

Sich genähert, stand plötzlich sein Wagen. Die Cherubim alle,

Dicht um ihn her versammelt, ergriffen die hellen Posaunen,

Und verkündigten weit umher des furchtbaren Schöpfers

Gegenwart. Ihnen kam bald ein tausendstimmiges Echo

Aus den hallenden Tiefen entgegen; die brausenden Wellen

Dieses stürmischen Oceans wallten mit lautem Getöse

Völlig in Aufruhr. Der Schöpfer gebot drauf dem brüllenden Sturmwind

Ueber die Waßer zu fahren; er fuhr mit ehernen Flügeln

Ueber sie hin, da brausten die Waßer mit wilderen Wogen,

Und die grimmigen Elemente fochten empörter

Unter einander. Da sprach der Allmächtige: Das Chaos gebähre
Welten

Welten voll Jammers und Nacht! Er sprachs, das schwangere Chaos

Borst mit schmetterndem Krachen.   Zehntausend Erdkugeln giengen

Dunkel hervor aus dem Chaos; sie wälzten sich untereinander

In verschiedenen harmonischen Sphären; doch waren die Flächen

Wüst und leer.   Auf einigen lagen gleich hohen Gebirgen

Nächtliche weinende Wolken, und dicke dampfende Nebel;

Andere waren umgeben von wilden stürmischen Seen,

Und noch andere lagen bedeckt mit drohenden Felsen

Und weit überhangenden Bergen.   So eilten sie, öde,

Finster, und wild, die traurige Laufbahn.   Die Chöre des Himmels

Sangen den ersten Morgen.   Gott hatte beschloßen, die Hölle

Nur in Nächten zu schaffen; die erste schreckliche Nacht war

Itzo vergangen, obgleich in dem Abgrund der himmlische Morgen

Schwach nur anbrach.   Die Seraphim sangen dem schaffenden Richter

So mit göttlichen Stimmen: Herr, der du gerecht und allmächtig

Deine Feinde verfolgst; der du im Schlund des Verderbens

Ihre Kerker bereitest, und sie mit demantnen Ketten

An die Felsen wirst feßeln, gerecht, Herr, sind sie die Wege

Deines Zorns; wer darf sie tadeln, und fragen, was machst du?

Vor dir schaudert die Tiefe zurück; das brausende Chaos

Stößet

Stößet Welten voll Elend hervor; nach deinen Befehlen

Drehn sie sich untereinander, und warten auf ihre Bewohner,

Ach! daß doch die stolzen Empörer die trotzigen Waffen

Wegwerfen, und sich demüthigen wollten vor dir, o Allmächtger!

Aber du hast sie dahin gegeben, die Flügel der Rache

Stürmen schon hinter ihnen einher; und ewigs Verderben

Wird sich an ihre Fußtapfen anheften; kein Erbarmen

Wird sie erretten, keine Hoffnung den Kerker besuchen!

So verflossen im Chaos tief unter dem seeligen Himmel

Ihre Stunden in klagenden Liedern, und heiligen Hymnen.

Und nun, da die zweyte der Nächte mit gräßlichen Schwingen

Brütend über dem Abgrunde saß; stand unter den Welten

Majestätisch und ernst des Allmächtigen Sohn. Sein Antlitz

Schaute furchtbarer um sich. Itzt faßte die schreckliche Rechte

Tausend zusammengekettete Donner; er warf sie auf einmal

In die dunkeln Welten, die alles zerschmetternden Blitze

Fuhren mit seelenbetäubenden Knall in die zitternden Erden,

Daß die Engel, vom Krachen betäubt, mit wankenden Knien

Tief erschrocken dahinsanken. — Und die bebenden Welten.

Rauchten,

Rauchten, von mächtigen Blitzen gespalten, und wirbelten Flammen
Dicke Säulen von Dampf und schwarze Wolken von Rauche
Hinter sich her. Sie hatten sogleich die Laufbahn verändert,
Und bewegten sich nun in langen elliptischen Kreisen
Untereinander. Die feurigen Schweife durchkreuzten sich öfters,
Und es schien, als ob sie die Laufbahnen näher und näher
Gegeneinander neigten; und nun noch näher. So wallte
Ueber die flammenden Welten die Glut; ein furchtbarer Himmel
Ganz überdeckt mit brennenden Sternen. Der zweyte Morgen
Brach izt an; die Chöre des Himmels besangen ihn also:
Feuer gieng aus vom Throne des Herrn! der zornige Richter
Schoß die verzehrenden Flammen umher; die Lohe des Grimmes
Schmelzte die Himmel, ergriff die Sterne! Wer kann es ertragen,
Wenn Gott seiner Rache gebeut? Wer kann es ertragen,
Wenn er den Abgrund entzündet? aus ihm die Strafe heraufruft?
Fürchtet den Herrn ihr, seine Gerechten! Ihr Heiligen, fallet
In den Staub hin, und betet ihn an den Richter, Jehovah!

Und die dritte Nacht nahte sich nun. Viel schwärzer, und schwerer
Hieng sie vom Himmel. Die wütende Glut der entflammten Gestirne

War

War vermindert. Der Sohn des Allmächtgen berief itzt die Engel
Näher herum um den leuchtenden Wagen. Mit blitzenden Rädern
Fuhr er auf, und ließ tief unter sich alle die Erden
Nur noch hier und da in halb verlöschenden Flammen
Glimmend. Mit Schrecken gerüstet, und ernster, furchtbarer, stand er
Auf dem Wagen, und schaute herab in die Tiefe. Dann sprach er:
Welten der Nacht! Gestirne des Zorns, zur Strafe geschaffen,
Stürzet zusammen! Er sprachs, und plötzlich stürzten sie alle
Krachend untereinander aus ihren donnernden Argeln.
Und itzt glaub' ich wären die Engel vor Schauder und Schrecken,
Ihrer Schimmer beraubt, in ewge Vernichtung gesunken,
Hätte sie nicht die Allmacht gehalten, und ihre Gemüther
Ueber zusammenstürzenden Himmeln und Welten gestärket.
Schaudert nicht, Adam, dein ganzes Gefühl erschrocken zurücke!
Wer kann hören die schmetternden Donner, das heulende Krachen,
Und des betäubenden Wiederhalls Seufzen, als tausend Gestirne,
Ihren Gleisen entrißen, sich untereinander verschlangen!
Ueber den niederrollenden Himmeln und fallenden Welten
Stand der große Schöpfer mit Allmacht gekleidet; allein nur
Unbewegt, unerschrocken; und schaute herab auf die Trümmer

Dieser

Dieser zusammengesunknen Planeten.　Sein schaffendes Wort sprach,

Und ein ungeheurer Weltball, zehntausendmal größer,

Als die Erde die izo mit uns im Dunkeln dahinschwebt,

Ward aus den Trümmern.　Mit lautem Getöse begab der Planet sich

In die neu angewiesene Laufbahn, und drehte sich furchtbar,

Ohne Gesetze der Ordnung mit schweren schwankenden Achsen

Unter dem Chaos.　Indem er vorbeyflog vor seinem Schöpfer,

Hieß er ihn stillstehn; Er stand.　Vor der Engel erschrockenen Augen

Lag die weitausgebreitete Welt des ewigen Jammers

In entsetzlicher Aussicht.　O Adam, wo find ich die Farben,

Dinge zu zeichnen, von seeligen Geistern zu denken kaum möglich,

Wenn sie die Welt nicht des Jammers und Elends, und solcher Ver-
　　　　　　　　　　　　　　　　　　　　　　　　wüstung,

Selber geschaut; und selber gefühlt die Schrecknisse Gottes,

Die auf ihr in Ewigkeit ruhn? Mit schaudernden Blicken

Sah man in unabsehliche Meere von siedendem Feuer,

Voller lautbrausenden glühenden Wogen; die tobenden Wellen

Sprühten Funken gen Himmel, wofern der nächtliche Luftkreis

Himmel zu nennen, der voller Salpeter und schweflichten Dünste

Um die Welt des Schreckens sich wälzte. Mit schlängelnden Strömen

　　　　　　　　　　　　C 2　　　　　　　　　　　　Riß

Riß sich der Bliß aus den eisernen Wolken, und schreckliche Donner

Donnerten hinter ihm nach. In andern Gegenden stürmten

Von zertrümmerten Bergen Orkane mit heulendem Brüllen

Ueber die traurigen Haiden. Da lagen Thäler des Todes,

Scheußlich und öde; verdorrtes Gebüsch hieng wild und entwurzelt

Von den gespaltnen Felsen herab, und ewige Nacht lag

Ueber dem Thal; ein banges Klagen, und einsames Jammern

Heulte den Sturm aus den Hölen, und lange winselnde Stimmen

Weinten herauf aus den Klüften, und goßen eiskalte Schauder

Ueber die Engel. An ihnen grenzten unwirthbare Berge,

Uebereinandergestürzte Ruinen von ganzen Welten,

Ohne Schmuck von lebendgem Gesträuch und lieblichen Hainen,

Sondern versengte verdorrte Wälder, halbumgestürzt, lagen

Ihre verwüsteten Rücken herunter. Entflammte Volkane

Brannten viel Meilen lang fort, und wälzten aus schrecklichen Schlün-

den

Wolken mit Feuer und Dampf und Felsen vermischt in die Lüfte.

Unter der Erde ward ein Getös von fern her vernommen

Wie das Getös der Kriegswagen Gottes; es bebten Provinzen

Ueber den unterirdischen Wettern; die zagenden Meere

Stiegen

Stiegen empor, und weite Gestade mit Vorgebirgen

Stürzten hinunter in flammende Seen und Länder verschwanden.

Anderswo rauschten von dunkeln Gebirgen hinab die Ebnen

Bäche des Todes, und mächtige Flüße die Reiche der Hölle

Künftig zu zeichnen. — Alles was du dir fürchterlichs denkest,

Hatte mit zehnmal größeren Schrecken die Allmacht gerüstet,

Und auf diese traurige Welt des Elends verstreuet.

Alles lag da in drohender Aussicht; in grenzlosen Haiden

Brannte der feurige Boden, und unabsehliche Wüsten

Stiegen in glühendem Sand auf; kein sanftes gemildertes Clima

War hier; die brennende Luft, und die Erde versengten entweder

Oder sie starrten in ewigem Eis; wohin sich der Blick wandt,

Sah er Gefilde der Pein und Verzweiflung, erstorbene Fluren,

Traurige Regionen des Kummers und Einsiedeleyen

Schwarzer Angst; eine Welt des Todes, in welcher das Leben

Stirbt, und der Tod nur lebt, von Ungeheuern bevölkert,

Scheußlicher, schrecklicher, wüthender, wilder, als Löwen und Dra=

chen,

Hätte Blutdurst und Gift sie zum Verderben entflammet.

Und Gott sah sie die Hölle mit allen ihren Bezirken,

Seiner Absicht gemäß, und zu dem strafenden Endzweck

Groß und vollkommen. Es wär bisher ein stralender Lichtweg

Von dem himmlischen Tage durchs Chaos gedrungen; die Hölle

Hatte bisher noch den Ausfluß des hellen Glanzes genoßen,

Der itzt zum drittenmal anbrach; indem er anbrach, da sprach Gott:

Scheine zum leztenmal, Licht! Es werde Nacht! und es ward Nacht.

Siebenfältig fiel sie herunter, gleich schweren Lasten,

Düster und fühlbar; noch schrecklicher ward sie durch leuchtende Blitze,

Welche sie oftmals zerrißen, und durch die schweflichten Flammen,

Die sie sichtbar machten. — Der Sohn der Allmacht berief nun

Zu sich die Engel des Todes und sprach mit ernstem Antliz:

Dieses ist sie die traurige Welt des ewigen Todes,

Euer sey ihre Bewachung! und über sie sprechet den Fluch aus,

Denn auch ich hab' im Zorn sie verflucht, ihr Name sey Hölle!

Also sprach des Allmächtigen Sohn. Die Todesengel

Lagerten sich in mächtgen Geschwadern am Eingang der Hölle

Um die demantnen Pforten, die an dem äußersten Pole

Jenseits den lezten Grenzen des Chaos die Allmacht befestigt.

Und

Und Obaddon, der furchtbare Führer der Todesengel,

Schwang sich auf seinen rauschenden Flügeln hoch über die Hölle;

Hielt in der Rechten das flammende Schwerdt, gleich einem Kometen,

Und rief laut: Bey dem, der gerecht ist, und allen Empörern

Wider seinen Gesalbten der Finsterniß Ketten bereitet,

Bey dem Allmächtgen fluch ich dir, Hölle! Verflucht sey dein Himmel!

Immer müße der Sturm in heulenden Lüften brausen,

Und der lauteste Donner die schwarzen Wolken durchbrüllen,

Niemals strale durch dein Gewölbe der Schimmer des Tages,

Graunvolle, schreckliche, ewige Nacht verhüll es auf immer!

Beym Allmächtgen fluch ich dir, Hölle! Verflucht sey dein Boden;

Keine Sonne besuch ihn, und keine Schönheit und Anmuth

Schmücke die traurigen Wüsten! Dein Meer sey immer in Aufruhr,

Und dein Erdreich brenne beständig von siedendem Schwefel;

Dein Gebirge rauche von Gluth; die Ebne zerspalte

Von dem Feuer des Herrn; und Winseln und Aechzen und Heulen

Schall' in deinen Thälern des Todes, und an den Gestaden

Deiner bellenden Seen, und deiner stürmischen Flüße!

Beym

Beym Allmächtgen fluch ich dir, Hölle! Verflucht sey die Wohnung
Alles deßen, was in dir lebt! verflucht sey der Fußtritt
Jedes Geschöpfs, das in dir wandelt, in Feuer und Asche
Geh es einher! sein Athem sey Pest.   Weh! weh ihm! es stirbt hier,
Stirbt den ewigen Tod! Hier spreite die schwärze Verzweiflung
Ueber den Sünder die gräßlichen Schwingen; und schreck' ihn, und
quäl' ihn,
Und zerreiß' ihn, ohn' ihn zu tödten, und keine Hoffnung,
Keine Hoffnung komme zu ihm, die wildeste Quaal nur,
Stechende Pein nur, und durstende Angst, und knirschende Rachsucht,
Peinige, foltre, schmettre den nieder, der Gott geläftert!

Feyerlich hatte der Todesengel den Fluch gesprochen,
Und so ward die Hölle vollendet.   Gott hielt sie nicht länger,
Sondern stieß sie hinab in die Finsterniß; krachend betrat sie
Ihre Laufbahn, unordentlich, wild, und ohne Gesetze.
Von ihr verwandte der Schöpfer sein Antlitz, und stieg auf den Wa-
gen,
Und nachdem er die Chöre der Geister dicht um sich versammelt,
Sprach er: Ihr Söhne des Lichts! ihr, die kein Stolz, kein Empörer
Wider

Wider Gott zu empören vermocht! ihr, welche mein Vater

So im Guten bestätigt, daß keine Macht noch Verführung,

Euch vom Wege der Tugend wird leiten; ihr heiligen Schaaren,

Ehret die Rache des Herrn, und erzehlet in allen Himmeln

Seiner Gerechtigkeit Lob, und seines Zornes Verwüstung.

Dieses Gefängniß strecket bereits der Finsterniß Ketten

Jenen Verruchten entgegen, die in den Feldern des Himmels

Wider eure Brüder gelagert, mit Mordsucht und Rache

Ihren Heerzeug versammeln, und mit den höllischen Waffen

Unsre Legionen erschüttern. Doch lange soll nicht mehr

Krieg den Himmel entstellen, so sehr sie zu siegen sich schmeicheln.

Todesengel! wenn itzo das Chaos in allen Tiefen

Von dem verfolgenden Donner erschallt; wenn bald durch die Nacht

hin

Mit entsetzlichem Fall Myriaden Geister sich stürzen;

Wenn ihr nunmehr den Kriegsklang vernehmt der hohen Posaunen

Und das Drommeten der Engel, das über die Grenzen des Himmels

Siegreich ertönt: dann rückt in festen geschloßenen Schaaren

Um die verriegelten Thore der Hölle. So schrecklich der Fall auch

Dieser Verworfnen gewesen, so wird die Zeit sich doch nahen,

D Daß

Daß sie von ihrem Fall sich erhohlen, noch größre Verbrechen
Ausbrüten, und noch größere Strafen erringen.   Ihr Führer
Satan, wird Mittel finden, der Stärke der demantnen Pforten,
Und selbst eurer Vorsicht mit schwarzer List zu entweichen.

Also hat es mein Vater beschloßen, und fordert von euch nicht,
Was er zuläßt, den großen Betrüger zu Schanden zu machen,
Aber ihr sollt hier die Pforten mit euren Schaaren umringen,
Daß nicht die ganze Hölle von neuem zusammen sich rotte,
Diese Riegel durchbreche, die künftige Schöpfung zu stören.

Zwar dem Empörer wird es gelingen, Geschöpfe von Staube
Wider Gott zu verführen; doch diese schwärzeste That bringt
Auf sein Haupt die schrecklichste Strafe,   Mit allen Verdammten
Will ich ihn einst hier im Abgrund mit solchen mächtigen Ketten
Binden, daß keine Zeit und keine Gewalt sie löse.

Itzo folget mir nach, ihr Helden und Krieger des Himmels,
Thronen, Fürsten und Mächte! seyd Zeugen der großen Vollendung
Gottes Gerichts über Satan! So sprach er.   Im Augenblick rollte
Sein krystallner Wagen zurück durch das wallende Chaos
Und im hohen Triumphe betrat er die Felder des Himmels.

Hier, du weißt es, fand er sein Heer im muthgen Gefechte

Wider

Wider Satan; wir jauchzten dem Wagen des kommenden Siegers

Jubel entgegen, und stießen mit unsern tapferen Schaaren

Zu der Standarte des großen Meßias.　Die Feinde Gottes

Trieb er bald mit allmächtigen Donnern zum Rande des Himmels

Und von da in den Abgrund; sie stürzten mit schrecklichem Falle

Durch das Chaos zur untersten Hölle; das Zornfeuer brannte

Hinter ihnen fürchterlich nach in den Pfuhl des Verderbens.

Also beschloß der Gesandte des Himmels die dunkle Geschichte

Von der Erschaffung der Hölle.　Ihn hatte der Erste der Men-

schen

Mit Entzücken und Grausen gehört, und große Gedanken

In sich versammelt; er brach itzt das Schweigen mit dankbaren Wor-

ten:

Liebling des Himmels, wie hat dein Bericht die kühnste Neugier

Uebertroffen! Mit kaltem Entsetzen erblick ich noch itzo

Vor mir die flammende Hölle.　Doch hab ich die traurige Nachricht

Recht vernommen, so ist dieß Gefängniß für Engel allein nicht,

Sondern auch noch für andre Geschöpfe von Staube bestimmet.

O wie vergällt dieß die Freude, die meine Seele dahinreißt,

Wenn

Wenn ich so viel unzehlbare Sonnen, Planeten, und Erben,

Alle vielleicht mit Bewohnern mir denke, die alle dankbar

Ihre Knie dem Allmächtigen beugen, und reine Gebete

Zu dem Himmel hinaufsenden; sollten dann seine Geschöpfe,

So vollkommen erschaffen, mit solcher Unschuld gekleidet,

Ihren Schöpfer so sehr verkennen, und seine Langmuth

Zu so schrecklichen Strafen reißen? — der Engel versetzte:

Des Allmächtigen Sohn hat zwar die verborgnen Orakel

Seines Vaters nicht ganz uns enthüllt: doch wurde die Hölle

Nicht umsonst unermeßlich erschaffen; die weiten Bezirke

Warten auf Myriaden verdammter Engel und Seelen.

Ach! und möchten doch nicht die künftgen Bewohner der Erde

Satans listgen Verführungen folgen! Wie fürcht ich zu sehr nur,

Daß sie die Menschen vom Staube seyn werden, die ihre Verbrechen

Mit zum Verderben ziehn! — Die Welt des ewigen Todes,

Die ich vor deinen Augen enthüllt, hat deine Gedanken

Mit Entsetzen und Grausen getroffen; doch schrecklicher, schwärzer,

Muß sie vor dem sich zeigen, der mit dem kühneren Geiste

Itzt in ihre Grenzen sich schwingt, itzt da sie bewohnt ist

Von Verdammten, wo jeder in sich eine Hölle verbirget.

Als das Satanische Heer herunter zum Abgrunde stürzte,

Sah ich auf ihrer Flucht sie verfolgt von der wilden Verzweiflung,

Und von jedem wilden Affekt, der nie sonst geherrschet

In unsterblichen Geistern. Der Stolz, der Neid, und die Zwie-

tracht

Mit dem Schlangenhaar, Rachsucht, und Wut, und der Haß, und die

Falschheit,

Stürzten hinter ihnen einher, und haben auf ewig

Ihre Wohnung bey ihnen genommen. Auch flog das Gewißen

Hinter ihnen zur Hölle. Da hat es in donnernden Wolken

Seinen furchtbaren Thron sich gesetzt; die mächtige Stimme

Tönt durch den Abgrund; kein Muth kann sich waffnen, kein Ohr sich

verstopfen,

Wenn es spricht, denn es spricht allmächtig; bald stark, wie Posau-

nen,

Und bald lispelnd, wie heimliche Stimmen; kein schneller Gedanke

Und kein Flügel des Cherubs entflieht ihm; der schwarze Verdammte

Lästert wider den Himmel, sich selbst, und seine Gefärthen,

Leidet unendlich, verfluchet sich selber, verdammet sich selber.

D 3

Dieses,

Dieses, o Adam, ist Hölle! — Doch laß uns die schreckvollen Augen
Wegwenden von dem Schauplatz des ewigen Jammers! Bewahre
Deinen itzigen Zustand der Unschuld! verharr' im Gehorsam
Und laß keine Versuchung, so stark sie auch sey, dich verführen,
Eine Nachwelt von dir in ewige Quaalen zu stürzen,

Raphael schwieg. Durch Adams Herz lief kaltes Entsetzen;
Ihm, von schwarzer Ahndung getroffen, rann über die Wange
Plötzlich ein Strom von Thränen; doch faßt er in seiner Seele
Nochmals den festen Entschluß des Schöpfers Gebote zu halten.

Die

Die
Unterwerfung gefallner Engel
und ihre Bestimmung
zu
Schutzgeistern der Menschen.

Die

Unterwerfung gefallner Engel

und ihre Beſtimmung

zu Schutzgeiſtern der Menſchen,

Fern von Satans rebelliſcher Rotte bezog izt Orions

Myriade das einſame Lager.   Er war der Standarte

Satans gefolgt; doch ſchoß in ihn plötzlich ein göttlicher

Lichtſtral,

Daß er das ſchwarze Verbrechen erkannte.   Er riß in der Nacht ſich

Von dem ſataniſchem Heer, und führte die Legionen

Die ihn unterthan waren, fern von des Empörers Gezelten.

E

Sicher

Sicher kam er hier an. Es wurden Cherubische Feuer

Rund um das Lager gestellt, auf Satans Bewegung zu wachen,

Sollt' er sie etwan verfolgen. Drauf rufte mit festlichem Klange

Die Posaune zur hohen Versammlung. Die Fürsten und Helden

Sammeln sich um Orions Gezelt; der mächtige Führer

Trat itzt unter sie hin, und versuchte zu reden; doch Thränen

Trüfelten über die Wangen; die tiefste Bekümmerniß herrschte

Auf dem Antliß aller umher; doch fanden zuletzt noch

Unterbrochen von tiefen Seufzern die Worte den Ausgang:

Fürsten, und Helden, und Krieger! O daß der Name des Krieges

Ewig uns ungehört geblieben! O daß wir die Schwerdter

Niemals gezückt! Wir Armen, in welche Tiefe von Elend

Haben wir selbst uns hinuntergestürzt, und haben den Lüsten

Eines Verführers gehorcht? Ist's möglich, sind es nicht Träume

Unserer Einbildungskraft? Abtrünnige sind wir? Gefallen?

Haben uns wider Jehovah, und seinen Gesalbten, empöret;

Haben die Waffen ergriffen, und haben auf unsere Brüder,

Engel auf Engel, den Angriff gethan? Und warum? Was vermocht'

uns

Zu

Zu der schändlichen That? — O! laßt es beschämt uns bekennen;

Einem Rebellen zu folgen, und einem Stolzen zu dienen.

Satan, (so nennt in Zukunft, den frechen Empörer) wie konnt' er

Mit dem Schalle der Freyheit uns täuschen? Er, welcher von uns schon

Tiefern Gehorsam verlangt, als selbst der Allmächtge. Was ist er,

Daß wir so ihn verehren sollten? und welche Verdienste

Hat er, daß wir ihm selbst vielleicht den Kniefall bezeiget,

Den wir dem großen Gesalbten geweigert! Voll Schaam und voll Reue

Müßen wir unser Antlitz erfüllen! O daß wir gesündigt,

So an Gott uns versündigt, und so von ihm abgefallen!

Traurig, einsam, von Gott verlaßen, verfolgent uns rächend

Unser Gewißen; wir könnens nicht läugnen, wir haben gesündigt,

Schwer gesündigt; wird Gott uns vergeben; und kann er vergeben,

Kann er solchen Verbrechern vergeben, die von ihm wichen,

Mit rebellischen Waffen auf seine Heiligen stürmten,

Und mit Krieg den Himmel entstellten? — Erbarmer, **Jehovah!**

Und du, den wir verschmäht, du, sein erhabner Gesalbter,

Ist Erbarmung noch übrig, für uns Gefallne noch übrig:

O! so verschmäh nicht die Thräne der Reu! — Ihr Helden und Krieger,

Jeder sey einsam in seinem Gezelte die lange Nacht durch;

E 2   Und

Und so oft ihr den Schall der hohen Posaune vernehmet,

Werfet euch nieder aufs Antliß; und jeder suche mit Thränen,

Und Gebeten der Reu, den Zorn des Allmächtgen zu lindern,

Ob er seiner gefallnen Knechte vielleicht sich erbarme.

Dieses Orton — mit thränenden Augen, und wunden Herzen

Giengen sie alle nach ihren Gezelten; so oft die Posaune

Bey den Stunden der Nachtwacht ertönte, fielen sie alle

In den Staub hin vor Gott, und weinten um Gnad und Erbarmung.

Und der Allmächtige sah von seinem heiligen Hügel,

Auf sie hernieder und sprach: Sollt ich vor meiner Geschöpfe

Büßenden Seufzern mein Ohr verschließen? und solte die Gnade

Wenn sie noch zeitig gesucht wird, zerschlagene Herzen nicht trösten?

Als er noch sprach, erschienen im Himmel die frommen Gebete,

Kinder der Demuth und Reu; sie giengen, mit Staub auf den Häuptern

Zitternd einher, und hüllten ihr Antliß ins weiße Gewand ein;

Blinkende Perlen standen im Aug', und Schaam und Verwirrung

Deckte die Stirn; für sie ist niemals das Heiligthum Gottes

Unzunahlich. Sie traten herzu; die Chöre der Engel
Theilten sich, da sie sie sahn, und ließen freymüthig sie wandeln
Durch die langen anbetenden Reihn zum Throne der Allmacht.

Als sie der Ewige sah, befahl er dem ersten der Engel,
Gabriel, welcher nächst unter ihm stand, sie näher zu führen.

Und er führte sie näher; sie fielen lautweinen aufs Antlitz
Vor des Allmächtigen Thron, und beteten an, und die Schaalen
Ihres Räuchwerks, welches sie trugen, dampften zu Gott auf,
Ihm ein süßer Geruch. Er neigte sein güldenes Zepter
Huldreich gegen sie nieder. Sie bleiben im Heiligthum Gottes,
Wenn sie erhört sind, und werden daselbst zu Engeln erhoben,
Welche beständig am Thron als Zeugen der Unterwerfung
Dastehn vor Gott, und die Thränen der Wiederbekehrten ihm opfern.

Als er sein Zepter geneigt, erfüllten ambrosische Düfte
Alle Himmel; und sanft erhub sich des Ewigen Stimme.

Gabriel, eile hinab, zu diesen Gefallnen; verkündge
Ihnen die Gnade, welche sie suchen. Sie sollen in Zukunft
Rein seyn; wem ich vergebe, dem hab ich vergeben. Doch soll noch,
Eh sie meinem Throne sich nahen, zu neuem Gehorsam

Einige

Einige Zeit der Prüfung sie läutern. Noch steht in dem Chaos
Schaffend mein mächtiger Sohn; er hat der Erde gerufen,
Und sie ist da. Die Bewohner der Erd', er hat sie bestimmet,
Einst nach ihren Tagen der Prüfung euch ähnlich zu werden.
Diesem erwählten Geschlechte bestimmet mein ewiger Rathschluß
Sie zu Führern und Wächtern; sie sollen sie vor der Versuchung
Satans bewahren, (denn Satan wird sich, so hab ichs beschloßen,
Aus dem Abgrunde reißen; das Menschengeschlechte verführen,
Und noch größre Verdammniß dadurch sich erringen,) sie sollen
Ihre Herzen zur Tugend erheben, und hohe Gedanken
Ihren Seelen zulispeln, wenn unter den Feßeln des Körpers
Unter der wilden Zerstreuung und unter der Eitelkeit Taumel
Ihre beßere Hälfte, der himmlische Geist, unterdrückt wird.
Wenn dann des Weltgerichts mächtge Posaune die Himmel durchschallet
Und der neuen Unsterblichen Schaaren ich um mich versammle;
Will ich auch sie versammeln, und ihnen die Treue belohnen,
Die sie dem Menschengeschlecht' erwiesen; dann sollen sie wieder,
Thronen, und Fürsten, und Kräfte, die alten Würden bekleiden,
Und in ewiger Wonne mit mir, und den Seligen leben.

Also

Also der Ewige: lautes Jauchzen durchschallte die Himmel;

Und schnell machte sich Gabriel auf, die hohen Befehle

Zu vollbringen, und flog mit sonnenstralenden Flügeln

Durch die ätherschen Gefilde; er ließ in den dämmernden Schatten

Einen langen stralenden Lichtweg, so wie er dahinflog.

Und so verfolgte der reisende Seraph die einsame Nacht durch

Seinen Weg in den Feldern des Himmels. Der lachende Morgen

Stieg auf den leuchtenden Wagen mit empyreischem Golde

Prächtig geschmückt, und erhellte die Ebnen mit Schimmer und Freude.

Aber die Freude kam nicht hinab zu dem Lager der Engel

Das itzt der Seraph von fern her entdeckte. Mit eilenden Schritten

Naht er sich ihren glänzenden Zelten. Die äußersten Schaaren

Die allein noch gerüstet standen, das Kriegesheer Satans,

So sie verfolgen möchte, zu spähn, erhuben die Blicke

Sahn den hohen Gesandten des Höchsten, und neigten voll Ehrfurcht

Vor ihm ihre schimmernden Waffen. In allen Gesichtern

Fand er schwarze Melancholey und tiefe Betrübniß.

Und wie konnten sie anders, als traurig, und niedergeschlagen,

An ihr Schicksal gedenken, das noch in dunkelen Wolken

Ueber ihren Häuptern verhüllt hieng? Wie konnten sie anders

Als

Als mit schwerem Herzen den Blick ins Vergangene wagen,

Oder in die noch schwärzere Zukunft, von schrecklichen Strafen,

Ihrer Erwartung nach, schwanger, und mit Verderben gerüstet?

Durch das heitre Gesicht des Seraphs ermuntert, trat einer

Von den traurigen Engeln zu ihm, und sagte, sich neigend:

Kömmst du, großer Gesandter des Himmels, zu unseren Hütten,

Uns Vergebung, oder vielleicht das Todesurtheil

Zu verkündigen? Aber so gütig und heiter vermöchte

Der auf uns nicht zu blicken, der unsre Verdammniß uns brächte.

Nein! du kömmst als ein Bote der Gnade, das saget dein Auge,

Und in deinen Händen der Oelzweig. — Ich führ' im Triumphe

Dich zu den unsrigen; trügt mich nicht anders der Hoffnungen schönste.

Gabriel gab ihm zur Antwort: Ich bin ein Bote der Gnade;

Bringet mich zu dem Gezelt Orions, des mächtigen Führers

Eurer Schaaren, und höret von mir die Befehle des Höchsten.

Also sprach er: Sie folgten ihm nach, und wandten die Schritte

Nach dem einsamen Lager. In tiefer graunvollen Stille

lag es, und alles umher war stumm, und verödet, und traurig,

Aufge-

Aufgethürmt lagen im Feld die hellen schimmernden Waffen,

Oder hiengen zerstreut an den Aesten. In zahlreichen Banden

Irrten die kriegerischen Geister in einsamen Thälern und Auen,

Waffenloß um das Lager herum, und hiengen voll Kummer

Ihren finstern Gedanken nach, die helle Posaune

Weckte zu lauter Klagen; und von den schimmernden Stäben

Wehten die hohen Paniere nicht mehr; zusammengerollet

Lagen sie übereinander, und winkten nicht mehr in die Feldschlacht.

Tief in seinem Gezelt saß Orion der Führer des Heeres,

Einer der mächtigsten Thronen. Ihn drückten auf seiner Seele

Lasten von Qualen, und Unruh und Reu, daß Satans Panieren

Er gefolgt; ihn verzehrte der Gram; die brennenden Thränen

Rannen ihm über die Wangen, ihm lag die Erwartung des Schicksals

Ueber seine Gefährthen und sich, auf dem ängstlichen Herzen,

Wie ein Gebürge. Er hatte voll Wehmuth die himmlische Leyer

Seinen Schmerz zu betäuben genommen. Die güldenen Saiten

Schallten in melancholische Klagen, und flößten der Seele

Himmlische Linderung ein; denn welches Herz wird nicht leichter

Wenn es in süßen Gesängen sich ausgießt, und welche Betrübniß

Hat die Tochter des Himmels, die Harmonie, nicht gelindert,

Oder

Oder besiegt? Die göttlichen Lieder erklangen von fern schon

In des entzückten Gabriels Herz. Der stralende Teppich

Rauschet itzt auf vor dem Seraph. So bald ihn Orion erblicket,

Sank ihm die Leyer bestürzt aus der Hand, er erhub sich; betroffen

Sprach er: Erhabner Seraph, Gesandter des Höchsten! unfehlbar

Schickt der Allmächtige dich zu seinen gefallenen Knechten.

O daß endlich die Botschaft des Himmels uns Arme besuchte,

Die wir in Thränen verschmachten! Vielleicht daß unsere Thränen

Seinen verderbenden Zorn entwaffnet! vielleicht! — doch, Geliebter,

Laß uns nicht länger in schwerer Erwartung, und laß uns mit Demuth

Unser Urtheil vernehmen! — So sprach er. Der Seraph versetzte:

Laß die Posaune blasen, damit sich alle versammeln,

Welche zu deinem Panier gehören. Des Höchsten Befehle

Warten auf euren Gehorsam; er gab sie mit tiefem Erbarmen.

Glücklich bin ich, sie euch zu verkündgen! — So sagte der Seraph.

Alsbald gab Orion Befehl die Posaune zu blasen;

Und ein mächtiger Cherubim stieß mit harmonischen Lippen

In das ätherische Metall, die ganze Gegend erschallte

Von dem Getön. Mit fliegenden Schritten begaben sich alle

Unter ihre Standarten und Fahnen. Die glänzenden Schilde
Drängten ſich dicht an einander, und mit gehörneten Spitzen
Schloß ſich das zahlreiche Heer an ſeinen Führer, Orion,
Neben welchem der hohe Geſandte zum Sprechen bereit ſtand.
Ehrerbietige Stille hielt Aller Lippen geſchloßen,
Und mit auf ihn geheſteten Augen, und banger Erwartung
Standen ſie ſeine Worte zu hören; — voll Anſtand begann er:

Thronen, Fürſten, und Mächte! der Reu und Bekehrung Gebete
Die zu Gott um Vergebung geſleht, ſind vor ihn gedrungen,
Haben Vergebung erlangt, und den Zorn des Richters verſöhnet.
Heil euch! daß ihr im Staube gekniet, und bittere Thränen
Zu dem Höchſten geweint, da noch im Himmel Vergebung
Auf euch wartete! Heil euch! daß noch in Zeiten der Abzug
Von der Sataniſchen Rotte für euch am Throne gezeuget,
Daß ihr die Fahne des Aufruhrs verließt, und in Zeiten die Gnade
Von euch geſucht ward, die jenen Rebellen auf ewig verſagt iſt.
Heitert euch auf, wie Begnabigten ziemt! Doch fordert der Ewge
Euren Gehorſam von neuem, nicht ohne Prüfung — . Ihr wißet,
Daß ſchon lang ein prophetiſch Gerücht im Himmel gegangen

F 2   Von

Von der Erschaffung unzehliger Welten, mit herrlichen Geistern

Und unsterblichen Seelen bevölkert; die hohe Bestimmung

Von der geringern Erde, dem Schauplatz der göttlichen Gnade,

Und der Erbarmung des Sohns, ist euch nicht verborgen geblieben,

Da wir so oft in heiligen Stunden, mit kühnen Vermuthen,

Uns von ihr unterhalten.   Itzt sind die Tage gekommen.

Gott steht noch in den Tiefen des Chaos, und winket den Welten

Aus dem Nichts und der Nacht; er hat auch der Erde gerufen,

Sie bey ihrem Namen genannt, und mit mächtiger Hand sie

Um die stralende Sonne geleitet; er gab ihr den Mond dann

Zum getreuen Gefärthen der Nacht; der folgt ihr aufwartsam

Und verwendet nicht von ihr sein Antlitz.   Doch fehlt noch der Erde

Was sie am herrlichsten macht, ein Geschöpf mit dankbarer Seele

Würdig den Schöpfer zu preisen, und zu den jauchzenden Hymnen

Unzehlbarer Welten auch seine Gesänge zu fügen.

Doch Gott wird es erschaffen, so sprach er; Er wird es erschaffen

Herrlich, unsterblich, nach seinem Bilde.   Der Mensch, (denn so

nennen

Künftig ihn unsre frohlockenden Chöre) der Mensch wird der Gnade

Seines Schöpfers vorzüglich genießen, und seiner Erbarmung,

Unbegreiflich

Unbegreiflich den Engeln und Himmeln, gewürdiget werden.

Diesem erwählten Geschlechte bestimmet des Ewigen Rathschluß

Euch zu Führern und Wächtern.   Ihr sollt auf verworrenen Wegen

Diese neuen Unsterblichen leiten; sollt ihre Herzen

Vor dem verführenden Laster verwahren, und hohe Gedanken

Ihren Seelen zulispeln, wenn unter den Fesseln des Körpers,

Unter der wilden Zerstreuung und unter der Eitelkeit Taumel,

Ihre beßere Hälfte, der himmlische Geist, unterdrückt wird.

Wenn dann des Weltgerichts letzte Posaune die Himmel durchschallet,

Und der neuen Unsterblichen Schaaren Gott um sich versammelt,

Will er auch euch versammeln, und euch die Treue belohnen,

Die ihr dem Menschengeschlecht erwiesen.   Dann sollet ihr wieder

Thronen, und Fürsten, und Kräfte, die alten Würden bekleiden

Und in ewiger Wonne mit ihm und den Seeligen leben!

Also der große Gesandte des Himmels.   Ein leises Gemurmel

lief durch die ganze Versammlung.   Als wenn frischwehende Lüfte

Durch ein Gehölz von silbernen Eschen sich kräuseln, und lispelnd

Um die Locken des Wanderers spielen, der, ganz schon ermattet

Von der Hitze des Mittags, leichtathmender durch sie hindurch geht.

Aber

Aber bald sank das frohe Geräusch in bescheidne Stille,

Da mit freudeglänzendem Antlitz Orion so anhub:

Preis, und Ehre dem großen Allmächtigen, erhabner Gesandter!

Preis ihm, daß er sich unser erbarmt, und seinen gefallnen,

Seinen nunmehr begnadigten Knechten Versöhnung gesendet!

Heil uns! daß er uns würdig geachtet uns zu vergeben,

Und die Gebete der Reu, die wir in tiefer Betrübniß

Zu ihm hinaufsandten, nicht verschmäht — Gott, Richter, Erbarmer,

Sey gelobt, von Gefallnen gelobt! sie wollen nicht wieder

Fallen; nicht wieder von dir und von dem Wege des Guten

Weichen, weder zur Rechten, noch Linken. Mit welchem Entzücken

Wollen wir mit uns zur Tugend die neuen Unsterblichen leiten,

Und sie warnen bey jedem Anlaß, vom Guten zu weichen.

Führ uns, wir folgen dir nach, o großer Gesandter des Himmels,

Führ uns zu unsrer Bestimmung; doch eh wir den Himmel verlaßen,

Unsern Geburtssitz, welchen wir wieder nach kurzer Prüfung

Herrlicher einnehmen sollen; mit unserm Bundesgeschlechte,

Mit den Menschen einst einnehmen sollen; so fall anbetend

Jeder vorher auf sein Antlitz und preise den Richter, Erbarmer.

Und

Und schnell fielen sie all' aufs Antlitz, und netzten mit Thränen,

Itzt mit Thränen der Freude, den Staub. Drauf schloß sich der Heerszug

Hinter Orion, und Gabriel, an; sie zogen von dannen

Nach den neuerschaffnen Welten; viel weite Bezirke

Eilten sie durch; viel weiter und größer, als dieser Weltball,

Wenn er sich in die Läng' erstreckte; Bis endlich des Himmels

Hohe krystallne Mauren erschienen, mit Zinnen und Thürmen

Von hellleuchtenden Saphir geschmückt; die demantnen Thore

Thaten von selber sich auf, und plötzlich sahn sie hinunter

In die Reiche der Nacht und des Chaos. Ein stralender Weg gieng

Durch die Tiefen des Chaos zur neuen Schöpfung hernieder,

Welcher von selbst vor dem Schöpfer entstand, so wie er dahin zog

In die Tiefen der Nacht, die Erd' und den Himmel zu gründen.

Da sie sich itzo den Thoren genaht, wandt Orion noch einmal

Nach dem Himmel sich um, und eine wehmüthige Zähre

Rann ihm die Wange herab, den Himmel so zu verlaßen.

Und sie zogen hinab. Mit welchem entzückten Erstaunen

Sah Orion die neue Schöpfung; die stralenden Sonnen

Und die hellen Planeten! mit welcher Begeistrung vernahm er

Die

Die Gefänge der Sphären. Sie flogen durch zahllofe Welten

Bis fie zu unferm Sonnenfyfteme gelangten. Der Mond hieng

Ueber der Erde fanftleuchtend. Dies ift fie, die künftige Wohnung,

Euch vom Schöpfer beftimmt, (fprach Gabriel;) balb wird, Orion,

Gott dich zur Erde herunter berufen, dem Erften der Menfchen

Dich zum Schußgeift zu geben; ich eile hinab nach der Erde

Von des Allmächtgen Sohn die fernern Befehle zu hören.

Alfo fprach er, und eilte fogleich nach der Erde Bezirken.

Aber Orion, und feine Gefärthen, voll tiefen Gehorfams,

ließen fich auf die hohen Gebürge des Mondes hernieder.

Die

Die Vergnügungen
der Melancholey.

Die
Vergnügungen der Melancholey.

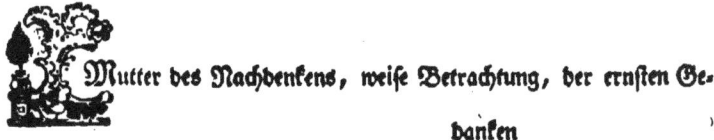

Mutter des Nachdenkens, weise Betrachtung, der ernsten Gedanken

Schöpferinn, deren Grotte hoch auf des Teneriffs Gipfel

Steht; wo mitten in schrecklicher Nacht der heulende Sturmwind,

Vom wildströmenden Regen und praßelnden Hagel begleitet,

Dein hinhorchendes Ohr ergetzt; indem du, erheitert,

Mitten

Mitten im Aufruhr, vergraben im ruhigsten Nachdenken, sitzest:

Oder indem der Himmel mit allen leuchtenden Sternen

Wolkenlos schimmert, und von den stillen azurnen Gefilden

Cynthia blaß und traurig von ihrem silbernen Wagen

Auf das unermeßliche Weltmeer herabsieht, und itzo

Unverwandt mit dem starrenden Blick auf das Sternengewölbe

Angeheftet, du ganz dich in frommer Entzückung verlierest;

Da indeß mit verwirrtem Geräusche die brausenden Wogen

Unter dir wallen, und heiseres Gemurmel die Felsen hinaufschlägt,

Wo du, glücklich, in dich gekehrt, den betäubenden Aufruhr

Des empörten Oceans hörst; fern von dem Getümmel,

Fern von den Freuden der Menschen, und mit den himmlischen

Sphären

Unterhaltungen pflegst: — O! leite mich, mächtige Göttinn,

Zu dem heiligen Dunkel, so dunkel, wie meine Seele,

Ganz harmonirend mit ihr; zu alten verfallnen Gemäuren,

Zu den dämmernden Zellen und Lauben, und traurigen Schatten,

Wo die Melancholey die liebsten Gedanken hinausdenkt,

Und zu lustwandeln liebt. Die lachenden Scenen des Frühlings,

Wenn um ihn her die Gratien scherzen, und Liebesgötter

Ihn

Ihn umtanzen, und Blumen und Blüthen, Ambrosia duftend,

Unter ihm mit verschwendrischer Hand auf die Fluren herabstreun,

Rühren länger mich nicht; ich wünsche mir nicht mehr, o Tempe,

Deine balsamischen Lüfte zu athmen.   Ihr grünenden Thäler,

Und ihr Wiesen, gehabt euch wohl, und ihr blühenden Haine

Wo an blumengestickten Ufern der Feldbach dahinrollt.

Unter jener wüsten Abtey bemooßten Gewölben,

laß mich oft zu der stillen und dämmernden Stunde des Abends

Sitzen, wenn itzo der Mond in den dunkeln graunvollen Kreuzgang

Einen langen Stral von strömenden Lichte hineinwirft,

Und ein tiefes heiliges Schweigen auf allem umher herrscht;

Außer dem klagenden Liede der Eule, die unter dem Schutte

Finstrer dumpfigter Hölen ihr ödes Wohnhaus erbauet;

Oder der ruhig säuselnden Luft, die zwischen dem Laube

Des breitblättrichten Epheu rauscht, der an den Gemäuern

Eines hangenden Thurmes hinaufkriecht, und, weit sich verbreitend,

Mit dem grünenden Mantel die nackenden Wände bekleidet.

Oder laß mich auch oft den nahen Tannengang irren,

Wo die Klosterbrüder vordem tiefsinnig gewandelt.

G 3   Wie

Wie ich im finstern leeren einhergeh, das unabsehlich
Unter dem hohen Gewölbe von Laub sich erstrecket, befällt mich
Heiliger Schauder, und hüllet die Seel' in furchtbare Ruhe.

Aber wenn itzo die Welt in der Mitternacht Rabengewand sich
Eingekleidet, dann laß mich die trübe zitternde Flamme
Mitten im hallenden Beinhause sehn, die über die Haufen
Dürrer Knochen und Schädel mit blaßem Glanz sich verbreitet,
Da indeß an der schimmernden Mauer ätherische Stimmen
Weit hinunter ertönen, und Geistergestalten von ferne
Durch die langen gekrümmten Gewölbe die einsamen Schritte
Zu sich hinwinken. — Auch ist der Mitternacht heilige Stille
Voller Anmuth, indem ich erwachend vom Lager fahre:
Siehe! wie todt ist alles um mich! die ruhigen Winde
Brausen itzt nicht; die Söhne der Menschen, und alle Geschöpfe,
Liegen in tiefer Vergeßenheit da; die ganze Natur ist
In den tiefesten Schlaf, in die tiefeste Stille gewickelt.
O wie grausend ist dann der Gedanke, daß außer mir, nichts sonst
Auf der öden Erde noch wacht! Bis mit dem Gedanken
Meine sinkenden Schläfe der schleichende Schlummer besuchet

Dann

Dann auch laß nicht in Träumen, von fröhlicher Thorheit erzeuget,

Meine Sinnen durch blumichte Pfade der Freude lustwandeln;

Sondern mir sende den Schutzgeist der Nacht, so mystische Träume,

So erhabne Gesichte, wie ehmals Spenser gesehen,

Wenn er in seiner Einbildungskraft Labyrinthen verlohren,

Zu des Busirans schrecklichem Hause den Britomart führte.

Oder als Milton gesehn, wenn er ehmals in hoher Begeistrung

Im Tumulte des Kriegs den ganzen Himmel sich dachte,

Und in seinen entzückten Gedanken der Seraphim Schaaren

Vor ihm sich thürmten, schimmernd in Waffen von Demant und

Golde.

Andre mögen am lächelnden Abend des Sommers sich weiden,

Wenn sie aufs dumpfe Geräusch des fernen Wasserfalls lauschen,

Und das sanftere Roth des streifichten Westens betrachten;

Ich erwähle die neblichten Dunkel des blaßen Decembers.

Dann, wenn die traurigen Schatten des langen Abends sich schließen,

Und ein blaßer schimmernder Stral von der sterbenden Asche

Durch den dämmernden Raum sich bricht: dann laß mich, entfernet

Von dem Jauchzen des Unsinns, das itzo mit festlichem Echo

Durch

Durch den erleuchteten Saal ertönt, dann laß mich im Winkel

Sitzen, allein vergnügt an der niedern einförmigen Grille

Schlummer erweckenden Klage; und laß, mit meinen Gedanken

In mich gekehrt, mich den Wechsel der Dinge, die leeren Vergnü-

gen

Und die fruchtlose Mühe betrachten, die alles Forschen

Uns vereitelt, so wie wir die Wüste des Lebens durchirren.

Diese heilsame Stunde der Stille wird alles das Lächeln

Falscher Thorheit entdecken, das, gleich des listigen Comus

Glänzenden Zauberkünsten, die sichern unwahrsamen Augen

Mit der trüben Verblendung täuscht; den bezauberten Becher

Uns zu trinken verführt, wodurch die Seele berauschet,

Ganz sich vergißt, und der Mensch zum Ungeheuer herabsinkt.

Gierig kosten wir ihn, doch in dem frohen Genuße

Merken wir nicht die giftigen Hefen, die mit ihm gemischt sind.

O wie wenige kennen die Schönheit der feineren Seele,

Deren sanftes Gefühl von trüber Melancholey Scenen

Schnellere Freuden empfindet, als die der geschmacklose Schimmer,

Und die leere Pracht des eiteln Stolzes ertheilet.

So

So empfand **Eloise**, die lang' in schmelzender Liebe

Schmerzen geschmachtet, mehr höhere Freuden, mehr wahres Ent-

zücken,

Wenn, etwan an ein Grab hingelehnt, die Todtenkerzen

Um sie flimmerten, oder sie tief unter gothischen Pfeilern,

Und bey blaßen Altären gemahlter Heiligen, benkend,

Eine verschleyerte Nonne, herumgieng; als in dem Pallaste

Flavia fühlt, wenn sie stolz auf den Glanz der siegenden Schön-

heit

Mitten unter den seidnen Söhnen des weichlichen Putzes

Durch Labyrinthe des festlichen Balles bezaubernd einherschwimmt,

Und vor allen versammelten Schönen, die Schönste, hervorstralt.

Wenn der azurne Mittag den weiten Erdball erheitert,

Und in der hellen südlichen Laube, des goldenen Tages

Gütger Regent sich freuet, und alles unter ihm lachet;

Wie hat dann oft mein Wunsch der Nacht Zurückkunft gefordert,

Die zum melancholschen Gemüth am genausten gestimmt ist.

Sey mir willkommen, o heilige Nacht! mein einsames Lied sey

Dir auch gewidmet; Schwester der herrschenden Hekate, Heil dir!

H   Allzeit

Allzeit Heil dir! wenn du entweder in Dunkel gehüllet,

Deinen unsichtbaren Wagen in schwangeren Wolken dahinrollst,

Oder dein leuchtendes Haupt mit der silbernen Krone geschmückt

hast.

Wie? obgleich in der Finsterniß Schutz der Zauberer Schaaren

Fern in den schrecklichen Hölen von Lapplands beschneyten Gefilden

Mit verworrenen Reimen den blutigen Keßel besprechen;

Und die Göttinn der Mordsucht in deinen beschirmenden Schatten

Ihre tiefäugigten Anbeter fordert, ein heimliches Blutbad

Auszudenken, indem bey der blauen sterbenden Lampe

In dem scheußlichen Rathe versammlet, die horchende Bande

Sitzt; und bey jedem säuselnden Winde, bey jedem Geräusche

Auffährt, und mit wilden und starrenden Augen umhersiehet;

Obgleich deinen Pfad der bebende Wandrer verfluchet,

Wenn er, ganz verirrt in den weiten Arabischen Wüsten,

Weit um sich her von brüllenden Ungeheuern die Wildniß

Heulen höret, da über sein Haupt die schwärzesten Stürme

Unaufhörlich schlagen: so ist doch seine Zurückkunft

Angenehmer dem stillen Gemüth, als die Ankunft des Morgens,

Wenn er auch jugendlich stolz im May frischblühende Rosen,

Und

Und ambrosischen Thau, von den Pforten des purpurnen Aufgangs

Auf die Gefilde herabgießt. — Doch ist auch die Ankunft des Mor-

gens

Nicht unangenehm, wenn er in tröpfelnde Wolken gehüllt, kömmt;

Da durch die finstere Luft der trübe Südwind einherbraust,

Und die traurige Landschaft schwärzt, daß Wälder und Hügel

Untereinander schwimmen in dicken gestaltlosen Nebeln.

Niedergeschlagen sitzen die Sänger des traurenden Waldes,

Und begrüßen die Dunkelheit nicht; die rauschenden Ulmen,

Ehrwürdig alt, die dick in einander, mit stattlichen Reihen

Etwann ein Landhaus umringen, sind stumm; und schallen nicht wie-

der.

Von dem heisern Geschrey der Dohlen; da, triefend, zum Obdach

Sich das Federvieh macht; In Sicherheit hänget der Landmann

Ueber dem praßelnden Feuer, und wagt aus der ruhigen Hütte

Nicht sich hinaus in den Sturm. In unvollendeter Furche

Liegt der Pflug; vom Getöne des Horns, und dem Rufen des Jä-

gers,

Schallet der Forst nicht; in trauriger Stille liegt alles vergraben,

Und die stille Betrübniß umhüllet die Fläche der Dinge.

H 2

Obgleich

Obgleich Popens sanfter Gesang die Gratien alle,

Athmet, die glücklichste Kunst die attischen Blätter geschmücket::

Dennoch glüht mein ernstes Gemüth in süßerm Entzücken,

Wenn ich, etwan gelehnt an einem moosigten Stamme,

In dem wildanmuthgen Gesang des zaubrischen Spensers,

Die verirrte Una in schrecklichen Haiden und Wüsten

Durch die Einsamkeit wandern sah, ganz matt und verlohren,

Als wenn auf dem schimmernden Busen der silbernen Themse

Die in ihr Unglück eilende Schöne *) im Glanz des Brokates

Mitten unter den Stralen der lachenden Sonne daherschwimmt.

Bald wird das muntre Gemälde der zarten Empfindung zum Eckel,

Und trift nur das kalte Gemüth mit schwachem Vergnügen.

Jünglinge, die ihr den Kranz unglücklicher liebe getragen,

Welch ein Vergnügen kann man der süßen Schwermuth vergleichen,

Deren zauberische Macht den sanfteren Seelen geschmeichelt?

Mahlt uns die stille bezaubernde luft, bey der rebenden Stimme

Süßer Melodien zu schmelzen; in thauigten Wiesen

Durch die Mitternacht hin mit irrenden Schritten zu wandeln;

Und

*) Die durch Popens Haarlockenraub berühmte Belinde.

Und dem vertrauten mitleidigem Monde die Schmerzen zu klagen,

Oft von den langsamen Seufzern des Vogels der Nacht unterbro-

chen,

In beschatten den Wäldern am dunkeln Bache zu irren,

Und allda die elenden Freuden der Welt zu vergeßen.

Da indeßen die Einbildungskraft die erscheinende Schöne

Vor euch, mahlt — nun hört ihr nicht mehr das Gemurmel des Ba-

ches,

Und das Auge bringet nicht mehr durch die langen Alleen

Waldichter Linden, bis etwan im Forste vom fällendem Beile,

Oder vom fernen Geklingel der Heerden, und von dem Geräusche

Eines die Sträuche durcheilenden Stiers die betrogenen Sinnen

Auffahren, und der goldene Traum in die Lüfte verflieget.

Dieß sind Vergnügen, zu denen sich ehmals die Seele gewöhnet,

Seit den verblendeten Blick die junge Saphira bezaubert,

Und in schwarzer Entfernung von ihr, mir die Tage verfloßen.

Schön wie die Flora war sie, wenn von dem scherzenden Zephyr

Aufgeweckt, sie die blühende Wange voll Anmuth emporhebt,

Und erröthend herausgeht aus ihren duftenden Lauben,

Mit den Kränzen von Veilchen und Rosen die Felder zu schmücken.

H 3

Diese

Diese Vergnügungen sind unheiligen Seelen verborgen,
Und sie kann nur allein ein Herz voll Schwermuth empfinden.

Laß mich auch oft das erleuchtete Thor in der letzten Stunde
Des Gebets besuchen, wenn majestätisch die Orgel
Mit dem halben langsamen Lied, oder prächtigem Hymne
In der Andacht Gesang von der Höhe vielstimmig erschallet,
Biß die Seele ganz außer sich ist, und zum Himmel hinaufflieget.
Oder laß mich auch tief im Dom, in dem einsamen Stuhle
Auf die heiligen Töne horchen, die feyerlich langsam
Durch die gothschen Gewölbe sich winden, und in der Entfernung
Mein entzücktes Ohr mit hohlem Gemurmel erreichen.
Laß mich auch dann nicht zu bleiben vergeßen, wenn izo die Lampe
In die Nacht hinstirbt, und die Einsamkeit wieder zurückkehrt;
Sondern laß mich alsdann die Schläge der Glocke bemerken,
Welche mit zitternder Zunge die fließende Zeit uns verkündigt.

Laß mich auch nicht versäumen, die Seele schöner zu bilden
Durch die sanften rührenden Schmerzen der tragischen Muse;
Sie, Melpomene, die im Cothurn erhaben einhertritt,

Mit dem fliegenden Leichentuch; sie, des erhabensten Mittleids

Pflegemutter.   Itzt mag mit thränenströmenden Augen

Ueber ihre befleckte liebe Monimia *) klagen;

Oder laß Juliet **) itzt im graunvollen Todtengewölbe

Ihres getreuen Romeo Lippen zum letztenmahl küssen,

Seine Lippen, welche noch rauchen vom tödtlichen Gifte.

Oder um einen vergebenen Blick den Jaffeir ***) im Staube

Hinknien; oder laß auch auf Desdemonen ****) den Mohren

Seiner unbilligen Eifersucht Wuth und Drohungen schütten.

Nach und nach rieselt der männliche Strom von den schwellenden Au-

gen,

Auf die Wange hernieder, und bey dem Unglück des Bruders

Schmilzt mein beklommnes Herz in sympathetischen Thränen.

Was ist der elende Pomp, das leere Gepränge der Höfe?

Weit beglückter scheint mir der hohe Verbannte, der einsam

Tief

---

*) In einen Trauerspiel des Otway.

**) Romeo und Juliet, ein Trauerspiel von Schakespear.

***) In einem Trauerspiel von Otway.

****) Im Othello von Schakespear.

Tief in den Wüsten Siberiens traurt, in den alten Gemächern

Eines hohen Kastells verschloßen.   So weit ihn fein Auge

Aus dem trüben Fenster hinausträgt, erblicket er Haiden

Unabsehliche Flächen, auf denen ein ewiger Winter

Seinen Eiswagen rollt; da immer einerley Aussicht

Auch in der Näh vor ihm aufsteigt; die dicken dunkeln Basteyen

Und die hohen Spitzen des Dachs; da indeßen die Glocke

Fern vom höhesten Thurm unwirthbare Wüsten durchschallet;

Und mit dem traurigen Schall auch neuen Kummer erwecket.

Glücklicher ist er so gar, als der stolze verwöhnte Satrape,

Den er hinter sich ließ in Moskaus goldnen Pallästen,

Da die lachenden Stunden in schwelgrischer Ruh zu verträumen.

Herrliche Scenen treffen nur blos mit schwachem Vergnügen

Das Gemüthe des Schauers; sie locken allein das Gesicht nur,

Und erheben das fühllose Herz nicht mit mächtigen Trieben.

Also lachet dem Schäfer die bunte böbalische Landschaft,

Der von der Stirne des hohen Hymettus herabsieht.   Hier steigen

Palmenwälber empor, die von der Stimme des Plato

Ehmals erschallt; aus dem dunkeln geheiligten schattigten Grünem

Hebet

Hebet der Oelbaum, der nimmer hier welkt, sein silbernes Haupt auf.

Dort verbreiten Hügel voll Reben die purpurnen Schätze,

Und in langen Prospekten erstrecken die sonnichten Thäler

Ihre fruchtbaren Ebnen; aus ihren Schönheiten thürmet

Schimmernd' Athen sich auf; allein obgleich durch die Gegend

Seine zur Weisheit begeisternden Fluthen Jlißus dahin rollt,

Deßen krummes Gestade dickwallender Lorbeer beschattet;

Obgleich seinen herrlichsten Glanz der rosichte Morgen

Ueber die heitre bepurperte Scene verbreitet: So fühlt doch

Ein ehrwürdiger Einsiedler mehr, und wahrhaftere Freuden

Wenn er vom hangenden Felsen, der seine Höhe bedecket,

Das verfallne Persepolis sieht. Die sinkenden Pfeiler

Sind auf die Graunvollen Ebnen in wilder Ordnung zerstreuet,

Eine weite Verwüstung! Gleich einem verdorreten Eichbaum

Welchen der Donner gespalten, steigt hier die modernde Säule

Gegen die Wolken empor; hier zeigen Parische Schlößer

Ihre langen gewölbten Hallen, mit Dornen bewachsen,

Wo der grausame Räuber itzt lauret, und woraus itzt am Abend

Die stillfliegende Fledermaus schießt, die die Dämmerung liebet,

Und wo ihren fleckigten Schweif die Otter nachschleppet

J   Ehmals

Ehmals die Wohnung des feinsten Geschmacks, und der blühenden
Künste.

Tempel erheben sich dort; in ihren geheiligten Grenzen

Streckt sich die schwarze Fichte, da die nun nackenden Straßen

Sonst vom fleißigen Kaufmann besucht, mit Gras überdeckt sind,

Säulen liegen auf Säulen gestürzt, heruntergerißen

Von dem festem Gestell, und vermehren die modernde Maße,

Wo das Auge nur hinreichen kann, erscheinen die Trümmer,

Der gesunkenen Pracht, in weiter vermischter Scene

Von Pallästen, Häusern, und Schwibbögen, Dämmen und Tem-
peln,

Wo der Ruin itzt thront, mit seinem Bruder, dem Schauder.

Komm denn, du Königinn ernster Gedanken, Melancholey,
komm,

Komm mit dem heiligen Blick, und dem festen beständigen Schritte

Aus der Höle hervor, von traurigem Epheu umschattet,

Wo du stets nach dem Schall der Abendglocke hinhorchest.

Komm, und bekränze das Haar, von deinem geweihten Verehrer

Mit Cypreßen, und nimm ihn zum Sohn an; doch Euphrosinen

laß

Laß nicht mein standhaft Gemüth mit Scherzen und Freuden verführen,

Noch die Kränze von Blumen auf meinem Wege verstreuen;

Obgleich in ihrem Gefolge die holde lächelnde Hebe

Ihren blendenden Busen den liebenden Augen enthüllet,

Obgleich Venus, die Mutter der Liebe, der Freuden, und Scherze,

Mit ihr Bachus mit Weinlaub gekränzt; am strömenden Nektar

In Citronenlauben sich letzen, und obgleich der Himmel

Wenn sie sich nahn, sich erheitert, und durch die blauen Gefilde

Sich ein schönerer Tag verbreitet; so sind doch die Freuden

Die du, Melancholey, mir ertheilst, viel beglückter, und reiner,

Als ihr witzloser Unsinn; die Freuden, tiefer gefühlet,

Die in einsamen Stunden die hohe Betrachtung uns lehret.

Heil dir, also, schöne Betrachtung! Mit dir hub, o Göttinn,

Mein Gesang sich an, mit dir auch soll er sich enden,

Weit übertrifft du an Schönheit die Nymphen der Grotte von Cirrha

Und du kannst den Gedanken zu höhern Entzückungen wecken,

Als die gerühmten Gottheiten aller der fabelnden Dichter.

Göttliche Königinn, Heil dir! dich fand, wie die Sage berichtet,

Einst ein Druide, so wie er am Abend in Monas Wäldern

　　　　　　　Auf

Auf der Wildwiese gieng; er trug mit gütigen Händen

Dich zum beschirmenden Obdach von seiner Laube von Eichen.

Hier bemerkte gar bald der bewundernde Weise den Anbruch

Deiner stillen Schwermuth, den Hang zu ernsten Gedanken.

Noch als ein lächelndes Kind hast du am waldichten Ufer

Des berühmten Meinai gelegen, dem Strom der Druiden,

Und allda auf das wilde Geräusche der Fluthen gehorchet.

Unter=

Unterhaltungen
mit seiner Seele.

Unterhaltungen
mit seiner Seele.

D u Hauch von Gott, du wundervolles Wesen,

Das in mir denkt, vom Nichts zum Seyn erlesen;

Unsterbliche, durch die mein Auge wacht,

Komm, nahe dich bey stiller Mitternacht!

Dir tönt mein Lied, o Seele; losgewunden

Vom Körper, weih' ich dir erhabne Stunden.

Vielleicht zieht mein Gesang dich von der Welt,
Die nur zu lang' in ihrem Arm dich hält.

Wir sind allein, o Seele: Wirf die Hülle
Der Nacht um dich, und laß die heilge Stille
Dir theuer seyn, die mit Gedanken kömmt,
Gedanken, die kein Lerm, kein Unsinn hemmt.

Wir sind allein? Wie falsch sprach ich! Wir waren
Nie weniger allein. Des Himmels Schaaren
Umgeben dich, sind Zeugen über dir,
Und, (o fall in den Staub!) Gott selbst ist hier.

Du bebst zurück? Wie? wolltest du verzagen?
Nein, itzt sey muthig! Du auch darfst es wagen,
Mit Geistern und mit Gott vertraut zu seyn,
Doch sey, wie Engel, wie dein Schöpfer, rein!

O Einsamkeit! Wie kann der Mensch dich fliehen?
Wie kann er sich um Zeitverderb bemühen!

Er ist betrübt, daß nicht Tumult und Tand

Ihm ungenützt auch diesen Tag entwandt.

Er fürchtet sich, mit sich allein zu bleiben;

Treibt mit dem Strom von nichtgen Zeitvertreiben

Beständig fort; und jede Kleinigkeit,

Und jedes Kinderspiel, das ihn zerstreut,

Ruft er herzu, dem Unglück zu entgehen,

Das er so ängstlich scheut, — sich selbst zu sehen.

O du, mein Geist, sey klug, sey itzo dein:

Mit sich vertraut, heißt in Gesellschaft seyn.

Wenn zügelles die Freuden um uns schwärmen,

Wenn Unsinn rast, und wilde Saiten lärmen,

Wenn, fortgeschwemmt von des Tumultes Fluth,

Allein beherrscht von aufgebrachtem Blut,

Der Mensch sich selbst betäubt; zum Kreis sich bringet,

Wo Lästersucht die scharfen Dolche schwinget,

Und wo gesalbt betrunkne Weise schreyn;

Dann ist der Mensch, dann ist der Geist allein.

Im vollen Saal geht einsam dann die Seele,

Und melancholischer, als in der Höle

Des Einsieblers, irrt sie auf leerer Bahn,

Und findet nichts, was ihr genugthun kann.

Wie seelig ist nicht der, der oft entfernet

Vom Lärm der Welt, sich selber dulden lernet!

Erkenne dann, o Seele, deine Kraft!

Verschmäh den Tand von leerer Wißenschaft,

Laß nicht bloß Schall von Weisheit dich verführen,

Sey weiser, wags, dich selber zu studiren!

Du siehst erstaunt der Erde Wundern zu?

Rund um dich her ist größer nichts, als du.

Wie rühmlich ists das Buch der Welt zu lesen,

Geh weiter noch; schau tiefer — in dein Wesen.

Du stolzer Geist, der Ewigkeiten mißt,

Du Wurm, der lebt, und morgen nicht mehr ist;

Geschöpf, das bald äthersche Freuden trinket,

Und bald, zu schwer, zum Thier herunter sinket;

Das

Das itzt die Wahrheit sucht, itzt von sich stößt;

Du Räthsel für dich selbst, nie aufgelöst;

Versuch es, wirf die aufgeklärtern Blicke

Von allen um dich her, in dich zurücke!

Du Weiser, bist du selbst dir unbekannt;

So ist Witz, Unsinn; alle Weisheit, Tand.

Und wie, mein Geist? In Einsamkeit versunken,

Vom süßen Traum gehofften Nachruhms trunken,

Fliehst du den Schlaf, und sinnest auf ein Lied,

Das nach der Müh dem Tadel nicht entflieht;

Mit nichts dich lohnt, als nach mislungnem Wachen

Auf lange Zeit die Muse scheu zu machen;

Du folgst erhitzt der Weisheit heller Spur

Im weiten Reich der herrlichen Natur;

Der Freude hold, und freundschaftlichem Scherze,

Vergräbst du dich; horchst bey einsamer Kerze,

Den Barden zu aus grauem Alterthum,

Und schmückest dich mit einer Vorwelt Ruhm;

Du

Des Einsiedlers, irrt sie auf leerer Bahn,

Du eilſt, vom Spiel und Wein dich zu entfernen,

Von Albion, von Gallier zu lernen;

Bewirbſt noch ſpät, mit Fleiß und mit Gebuld,

Am Saitenſpiel dich um der Tonkunſt Huld;

Und du, mein Geiſt, haſt unter allen Stunden

Die Stunde nicht, den Augenblick gefunden,

Wo du wahrhaftig weiſ', in dich gekehrt,

Ganz dein, ganz Geiſt, einmal dich ſelbſt gelehrt?

Du weißt nicht, welche Gluth in dir verglimmet,

Zu welchem Zweck die Gottheit dich beſtimmet?

Und glaubſt, daß du des Geiſtes Rang erwirbſt,

Wenn du gebohren wirſt, und lebſt, und ſtirbſt?

Befreye dich von dieſen Vorurtheilen!

Du biſt zu groß im Staube zu verweilen;

Zu göttlich groß, als daß nur eine Welt

Im engen Raum dich eingeſchränket hält.

Erkenne von dir ſelbſt mit welchen Gaben

Des Schöpfers Huld dich vor dem Thier erhaben.

Der

Der hohe Geist, von seinem Werth entflammt,

Fühlt es zu sehr, daß er vom Himmel stammt.

Verwandt mit Staub, weiß er ihn zu verachten,

Da auf zu Gott die starken Flügel trachten.

Er steigt empor, sein Wesen heischet dies;

Unwissenheit, der Seele Finsterniß,

Haßt er, und sucht das Licht; der Weisheit Lehren,

Der Tugend Ruf, wird er nie satt zu hören.

Selbst die Natur in aller Abwechslung

Hat doch für ihn nicht Reiz, nicht Schönheit gnung

Er wagts, ins weite Reich der Luft zu dringen,

Verfolgt den fliehnden Sturm; schwebt auf den Schwingen

Des Blitzes fort; steigt zu der Pole Höh

Ins Vorrathshaus von ewgem Eis und Schnee;

Dann stürzt er sich in hellgestirnte Kreise;

Schwankt mit dem Mond durch seine schnellen Gleise;

Sieht wie die Sonn' im Feuer überfließt,

Wie mächtig sie den Strom des Lichts ergießt,

Mit eigner Kraft den Schwung um sich vollbringet,

Und

Und um sich her die Wandelsterne zwinget.

Dann schießt er fort, späht des Kometen Lauf,

Wie schnell er läuft, durch alle Himmel auf:

Sieht schauervoll der Schöpfung Rad sich drehen;

Und schaut zurück auf alle Sternen Höhen,

Bis er erstaunt, weit dieser Welt entflieht,

Ins weite Reich des Empyreum sieht,

Wo ewges Licht und ewge Freude wohnen,

Und ungestört beglückte Geister thronen.

Auch hier nicht ist sein heißer Trieb gestillt,

Da unter ihm die ewge Tiefe brüllt;

Er stürzt hinab, wo dunkel ihn umringet,

Und Unermeßlichkeit ihn ganz verschlinget.

Hier ruhet erst sein Flug. So wollt' es Der,

Der, Seele, dich erschuf. Nicht irdisch, leer,

Bestimmt er deine Lust. Im Purpurkleide

Der eitlen Macht nicht; noch der thierschen Freude

Der Wollust, solltest du dich glücklich sehn;

Nur durch Unsterblichkeit, durch Weisheit schön,

Befahl er dir, von allen irdschen Dingen
Zum höchsten Guté dich empor zu schwingen,
Daß du zuletzt, von Schranken ganz befreyt,
Glückseelig seyst in der Vollkommenheit.

So schuf dich Gott, o du, die in mir denket,
Unsterbliche, so frey, so unumschränket,
Erschuf er dich; so herrlich ausgeziert,
Wardst du von ihm auf diese Welt geführt;
Ein Schauplatz, groß, bestimmt zu großen Thaten;
Im Angesicht der Thronen, Potentaten,
Und Tugenden des Himmels, handelst du;
O handle recht, Gott selber schauet zu.

Entweichet dann, ihr nichtgen Kleinigkeiten,
Um die sich Könige und Thoren streiten!
Wie sollt ich mich bey todten Schätzen freun,
Und stolz auf leeren Schall, auf Nachruhm, seyn?
Wie? sollt' ich mir mit sklavischen Päanen,

Durch

Durch feiles Lob den Weg zum Glücke bahnen?

Wie? foll' ich mich durch Spiel und Scherz zerstreun?

Im weichen Schooß der Wollust mich entweihn?

Bloß Körper seyn, den höhern Geist verhüllen,

Und meines Daseyns Zweck nicht ganz erfüllen?

Nein, schwinge dich von allem Irdschen los;

Sey, was du bist, sey deiner werth, sey groß.

Soll denn der Mensch die himmlischen Gedanken,

Nur stets verschließen in der Erde Schranken

Und folgt er immer nur des Thiers Beruf,

Da ihn sein Gott zum Sohn des Aethers schuf?

Send aus den Geist, der unterm Staube leidet,

Nicht, wie der Körper, sich durch Sinnen weidet,

Auf! send ihn aus von Kleinigkeit und Tand

Zur Welt der Geister, seinem Vaterland!

Er sieht umsonst nicht höhre Sphären blitzen

Und Sonnen glühn; er soll sie einst besitzen;

Soll einst verneut, verklärt, den Engeln gleich,

Nicht~

Nicht Staub mehr seyn in seines Schöpfers Reich;

Soll einst, wie sie, zu seines Thrones Füßen

Unsterblich seyn, und ewges Glück genießen.

Das bist du, Seele! ein Geschick ist dein,

Du kannst höchst elend, und höchst seelig, seyn.

Sey nicht umsonst begabt mit Engels kräften,

Dich schuf dein Gott zu himmlischen Geschäften.

Das herrlichste Geschäft' ist Gottes Lob.

Wenn er den Seraph aus den Wolken hob,

Und er noch kaum sein ganzes Daseyn kannte,

Fiel er schon hin vor seinen Gott, und brannte.

Und du wärst stumm, indem der Seraph glüht,

Und Welt an Welt vor ihrem Schöpfer kniet?

Welch ein Gesicht! Ich sehe Millionen

Aetherscher Kräfte, Tugenden und Thronen,

Der Geisterwelt unendlich lange Reihn,

O Herr, von dir erfüllt, sie alle dein.

Wie schimmern sie in deiner Allmacht Stralen!

Wie wallt des Weyhrauchs Dampf aus güldnen Schalen,

Vor deinem Stuhl! die Himmel stehn erfreut,

Und Lobgesang schallt durch die Ewigkeit.

Der Mensch siehts, und erstaunt? O Sohn der Erde,

Erstaune nicht, was du nicht bist, das werde!

Zwar Engel nicht, doch auch ein Geist, wie sie,

Schließ dich an ihre Reih, und beug' dein Knie,

Und bet ihn an; auch dir ist es gegeben

Zum Himmel auf den Seufzer zu erheben.

Du stehst vor Gott mit in der Geister Reihn,

Nimm deinen Platz in seiner Schöpfung ein;

Dein Platz ist nicht gering; er ist voll Mängel,

Und grenzt ans Thier, doch grenzt er auch an Engel

Ihm misfällt hier des Staubes Stammeln nicht

Wenn dort entzückt der Cherub vor ihm spricht.

Wie seelig, (rufst du,) sind der Engel Schaaren,

Sie sehn Gott, wie er ist. Wir Menschen waren

Zu arm, zu klein, für den, der ewig ist,

Der uns geschaffen hat, und uns vergißt.

Nein, Mensch, auch du bist nicht von Gott verlaßen.

Kein Cherub kann den Unerschaffnen faßen,

Erzengel sehn ihn zwar in hellerm Glanz,

Allein nur Gott, nur Gott selbst, sieht sich ganz.

Und könnst du näher seinen Blick ertragen?

Der Erdkreis bebt, und seine Starken zagen,

Wenn er im Donner spricht, auf Stürmen geht,

Und aus der Nacht des Blitzes Flamme weht.

Und klagest du, er sey zu weit entfernet?

O klage, daß der Mensch nicht sehen lernet!

Ist er nicht jedem Theil der Schöpfung nah,

Ist er nicht hier, ist er nicht dort, und da?

Sehn wir ihn nicht, wenn Berge vor ihm schmelzen;

Wenn Meere sich hoch über Länder welzen?

Sehn wir ihn nicht, wenn nach der trüben Nacht

Das Morgenroth am heitern Himmel lacht?

Ihm ist nichts klein, noch groß. Mit gleichen Gnaden

Sieht er auf uns und auf die Myriaden
Um seinen Thron; er fordert, ohne Zwang
Von allen Geistern gleichen Lobgesang.
Durch Demuth steigt der Mensch, der Cherub sinket!
Dem Satan gleich, wenn er ein Gott sich dünket.

Mit welcher Würdigkeit und Majestät,
Hat, Seele, dich, dein Gott zum Seyn erhöht!
Indem vor ihm des Himmels Chöre singen,
In hoher Harmonie die Sphären klingen,
Da ihn der niedrigste, der höchste Geist
Von allen Erden, allen Sonnen preist;
Da ists auch dir erlaubt, fromm zu entbrennen,
Nach ihm zu schaun, und Vater ihn zu nennen.

Und, Seele, sprich, ist denn ein größres Glück,
Als frey von Schuld, mit aufgeklärtem Blick,
Von dieser Unterwelt Wuth und Getümmel,
Hinauf zu schaun, zu einem gnädgen Himmel?

liegt

liegt stärkrer Trost den Menschen noch bereit,

Als im Gebet, in stiller Einsamkeit,

Wenn er die Haud nach seinem Schöpfer strecket,

Und dem, der helfen kann, sein Herz entdecket?

So sollst du dich zu beinem Dienste weihn,

Sein Lob ist beine Pflicht, doch nicht allein —

Gott setzte dich auch in die Welt zu lernen,

Um einst geschickt zu seyn für höhre Sternen.

Für die warbst du bestimmt.   Die kurze Zeit

Ist nur der Eingang zu der Ewigkeit.

Gebet und Andacht muß die Seel entflammen,

Doch nichts, als Beten, würde sie verdammen.

Und glaubest du, baß um der Allmacht Thron

Mit immergleichem Hallelujahton

Der hohe Seraph seine Pflicht vollbringet,

Bleibt, wie er ist, die Ewigkeit verfinget;

Unthätig ruht in einer Seeligkeit,

Und nicht, vom Trieb nach der Vollkommenheit

Bewegt, beseelt, getrieben, hingerißen,

Mit jedem Augenblick strebt mehr zu wißen?

Nein, jeder Geist, vom Cherub bis zu dir,

Verfolgt die Weisheit, und lernt dort, wie hier,

So laß dich doch die wahre Weisheit leiten,

Und wähle, wenn du wählst, für Ewigkeiten,

Doch sey voll Demuth; vieler Nächte Fleiß

lehrt erst den Weisen, daß er wenig weiß,

laß keinen Stolz auf Klugheit dich verwirren,

Vom wahren Pfad zum Himmel abzuirren.

O Mensch, du Widerspruch, der Thorheit Raub,

Itzt Geist, und groß, und itzt ein Wurm im Staub,

Wie lange wird dein Stand der Blindheit währen,

Und welche Weisheit kann dich uns erklären?

Du zögerst noch, bey seiner Gnade Ruf;

Dem Gott zu huldigen, der dich erschuf?

Du bist zu stolz, den Ewgen zu erkennen,

Den Einzigen, der's werth ist, Herr zu nennen?

Da

Da du indeß dich vor Tyrannen bückst,

Des mächtgen Lieblings Bild mit Kränzen schmückst;

Im Staube kriechst, die Ehre zu erlangen,

Als Sklav' am Thron des Königes zu prangen,

Der, so wie du, um Ruhm und Beyfall wirbt,

Der Mensch ist, so wie du, und morgen stirbt.

Du Niedrer! steig empor! den Durst nach Ruhme

Still' im ätherschen Quell.   Zum Eigenthume

Gieb dich dem Herrn der Welt! Wer Sklav will seyn,

Sey es vom Größesten; die Ehr ist dein

Wenn du voll Stolz zum Höchsten dich erkühnest,

Und wenn du dienst, nur dem Allmächtgen dienest.

Du herrliches Geschöpf, miskenne nicht

Den himmlischen Beruf, des Geistes Pflicht.

Frey, ohne Zwang der Tugend nachzuwandeln

Nie anders, als Unsterbliche, zu handeln,

In allem zu des Schöpfers Lob' bereit,

Macht Engel groß, und heißet Seeligkeit.

Die

Die laß dir nichts, o meine Seele, rauben!

Dein größter Schmuck, sey dein Gebet, dein Glauben.

Wenn aus dem Meer der güldne Morgen steigt,

Wenn sich der Tag im kühlen Westen neigt,

Bey heilger Nacht, sey stolz vor Gott zu treten,

Dem Seraph gleich zu seyn, und anzubeten.

Allgemeines Gebeth.

M

Allgemeines Gebeth.

Allmächtiger, der seinen Thron
　　In Himmeln hoch erhöhet;
O höre mich, der Erde Sohn,
　　Der bir im Staube flehet!

Du schufst mich Staub, und ließest Staub
　　Zum Engel sich erheben;
Hier unten der Verwesung Raub,
　　Um ewig dort zu leben.

　　　　　　　　　　Ein

Ein denkend Thier! Wie arm, wie bloß,

    Ist es, der Herr der Erden!

Ein denkend Thier! Wie frey, wie groß,

    Unsterblich soll es werden!

Welch ein Geschenk gabst du mir nicht,

    Da du Vernunft mir schenktest,

Und der Erkenntniß göttlichs Licht

    In meine Seele senktest!

Verleih mir doch die Wißenschaft

    Mein ewges Glück zu finden;

Und gieb mir Willen, Muth, und Kraft,

    Mich selbst zu überwinden.

Lehr mich, was mein Gewißen sagt,

    Dem Himmel vorzuziehen;

Und laß mich, was es untersagt,

    Mehr als die Hölle fliehen.

                          Nach

Mach fühlend dieses harte Herz,

    Wenn meine Brüder leiden;

Und laß an meines Haßers Schmerz

    Sich nie mein Auge weiden.

Laß mich nie mit verwegner Hand

    Nach deinem Donner trachten;

Noch jeden, der dich nicht erkannt

    Der Hölle würdig achten.

Im Glücke Furcht, im Unglück Muth

    Sey alles, was ich flehe.

Was du, mein Schöpfer willst, ist gut,

    Und was du willst, geschehe!

Laß mich mein Brodt durch deine Gunst

    Nicht ohne Müh erwerben.

Und lehre mich die große Kunst

    Zu leben, und zu sterben.

M 3   O du,

O du, vor dem der Seraph kniet,

    Den Cherubim umringen,

Von allen Sternen schallt das Lied,

    So deine Heilgen singen.

Ich beuge stolz vor dir mein Knie;

    Gott hat den Staub erhoben!

Heil mir! ich bin ein Geist, wie sie,

    Der Mensch darf, Herr, dich loben!